KB213904

너의 안부를 묻는 밤

너의 안부를

묻는 밤

지민석 지음

STUDIO:ODR

재출간을 기념하며

《너의 안부를 묻는 밤》이라는 책으로 다시 인사드리기까지 5년이라는 시간이 훌쩍 지났네요. 많은 사랑을 받았던 저의 첫 책이 새로운 옷을 입고 또 한 번 세상에 나간다는 소식을 전하는 지금, 흘러간 시절이 주마등처럼 스쳐 지나가니 감회가 참 새롭습니다. 이 자리를 빌려 그간 제 책을 읽어주시고 아껴주신 독자님들께 감사의 마음을 가득 전합니다.

여전히 당신의 안부가 궁금한 밤입니다. 탈 없이 잘 지내고 계시는지요. 아픈 곳은 없는지, 어젯밤이 너무 길지는 않았는지요. 각자 저마다의 이유로 새벽을 쉽사리 떠나보내지 못하는 날이 많을 텐데요. 저 또한 어둑어둑한 밤중에 보내는 시간이 지금도 익숙하지 않고, 몇 번을 맞이해도 여전히 낯설게 느껴집니다. 하지만 새벽이라는 시간이 내게 주는 감정을 피한다는 건 사실 불가능에 가까우므로, 이 새벽을 건강히 보내고 또 이겨내셨으면 하는 마음으로 지난날 이 책을 집필했던 것 같아요.

시간이 많이 흘렀고 이 책의 어떤 페이지에 적은 글과는 생각이 조금 달라지기도 했지만, 글을 쓰던 당시의 제 마음은 여전히 유효합니다. 사랑의 기쁨도, 이별의 아픔도, 내 삶의 걱정마저도 모두 돌이켜보면 충분한 가치가 있었다고 말이에요.

투박하고 부족한 문장이 다시금, 당신의 마음에 가닿기를 진심으로 소망합니다.
어느 곳에 있든지, 당신의 마음은 언제나 환하고 밝은 곳에만 어울리기를 소원합니다.

2022년 겨울 인사를 건네며
작업실에서,
지민석 드림

차례

PART 1

사랑할 때 우리는 그렇게
모질게도 서로를 사랑했다

PART 2

이별, 이렇게 힘들 줄 알았으면
애당초 시작조차 안 했을 텐데

PART 3

상처가 많은 당신에게
전해주고 싶은 마음들

여전히 너의 마음이
밤에 머물러 있다 하더라도

사랑할 때 우리는 그렇게
모질게도 서로를 사랑했다

너의 행복이 그 자체로 나의 행복이고
너의 치유가 그 자체로 나의 치유이더라.
너를 위해 사는 것이 내 행복이더라.

걱정하지 말고
설레어라

사람을 못 믿겠다며 다신 사랑 따윈 안 하겠다는
얼어붙은 너의 마음을 어떻게 하면 녹일 수 있을까.
걱정 반 행복 반 감사한 고민으로 밤을 지새운다.

당신과 처음 만나는 날.
처음이란 시간이 선물하는 설렘과 떨림,
어색함이 공존하는 공기를
마음껏 만끽하며 카페로 향하는 길.

당신의 눈을 보며 대화를 이어가고
길을 걸을 때 당신이 나를 보며 입가에 미소를 띠면
나는 설레는 마음을 삼키고 과감히 손을 잡고 싶다.
아무도 간섭할 수 없는 오로지 둘만의 대화를 이어가며

행복한 표정인 너에게 행복을 더해주기 위해
미리 준비해온 꽃다발을 건네고 싶다.

그렇게 너에게 잊지 못할 첫 만남을 선물해주고 싶다.
네가 아팠던 지난날을 잊을 수 있도록.

내가 가끔 좋아 죽겠다는 표정으로 널 바라볼 때는
너에게 수줍은 입맞춤을 받으며 사랑하고 싶다.

그 순간 난 이 세상 가장 행복한 남자가 될 테니.

이 밤 이렇게

눈을 감으니 온통 당신으로 가득한 이 밤
당신은 내게 밤에만 찾아오는 걸까요,
아니면 당신은 내 새벽인 걸까요.

한 달 - 사랑의 시작

서로에게 어느 정도 호감을 드러내며 연락을 시작했기에
우리가 처음 연락하던 무렵에는
소위 말하는 '밀당'이란 게 없었다.
아니, 내가 일방적으로 너에게 호감을 보이며
다가갔다는 말이 맞겠지.
그렇게 첫 만남이 있기까지 한 달이란 시간 동안
우리는 온라인으로만 연락을 주고받았다.

지금 돌이켜보면 그 시간이 온전히 기억나지는 않는다.
하지만 그때 그 감정만큼은 지금까지도 잊히지 않는다.
너를 천천히 알아가는 가장 행복했던 한 달이었다.

어떻게 한 번도 안 만나고 한 달 동안

연락이 가능하냐는 의문이 들겠지만

난 상대방에게 조바심을 내지 않았다.

연락이 조금 늦으면 '바쁜가 보다' 하고

많은 의미를 부여하지 않았다.

사람에게 워낙 상처를 받은 나여서,

이 사람도 나만큼 좋아한다는 확신이

가득 찼을 때 다가가려 했으니까.

그렇게 너와 보이지 않는 사랑의 경계선을 오고 가며

애간장을 태우며 시간을 보냈다.

아무래도 끝이 보이지 않는 길을 걷는 것보단

끝이 보이는 길을 걷는 편이 더 마음이 여유로우니까

나는 너에게 첫 만남 날짜를 수줍게 말해보았다.

너도 흔쾌히 허락하고, 남은 시간 동안

전화와 메시지를 나누며 서로를 천천히 알아갔다.

그렇게 우리는 한 달을 다 채우고서야

서로를 만날 수 있었다.

꽉

안아주고 싶다.

꽉

심장 터질 만큼.

연애

처음 만났을 당시 넌
자존감을 많이 상실한 상태였어.
어쩌면 그걸 알면서도, 아니 오히려 그래서 더
다행이라고 생각했어.
내가 위로해줄 수 있다고 생각했으니.
수많은 고통을 주며 누군가 앗아간 그 자존감
내가 넘치는 사랑으로 채워줄 수 있다고 생각했으니.

그리고 한 달, 두 달 시간이 지나면서
네가 웃는 걸 보면 도리어 내 기분이 더 좋아지고
행복하다는 걸 가슴으로 느꼈어.
그런 게 진짜 연애라는 걸 알게 됐어.

봐.

네가 웃으면 나도 덩달아 웃잖아.

이게 내 행복이야,

네가 미소 지을 때 같이 미소 짓는 그런 거.

너를 위해 너를 위로하고,

내가 너의 자존감을 채워간다 생각했는데 말이야.

참 바보 같은 생각이라는 걸 깨달았어.

너의 행복이 그 자체로 나의 행복이고

너의 치유가 그 자체로 나의 치유이더라.

너를 위해 사는 것이 내 행복이더라.

고마워.

네 행복을 위해 살아갈게.

그게 곧 우리이기에.

밤하늘

지금 하늘 좀 봐봐.

우린 지금 같은 하늘을 보고 있어.

어때, 밤하늘 예쁘지?

당신은 예쁜 것만 바라봐.

그럼 난 당신만 바라볼 테니.

내 하루는
온종일 너로 가득해

너를 알아가고 사랑하는 지금
내 신경은 온통 너에게로 향한다.
잠을 청하기 전에는 너와 우리를 위해 기도했고
아침에 일어나 다시 잠들 때까지
내 하루는 온종일 너 하나였다.

네가 좋으면 좋았고 네가 싫으면 싫었고
네가 행복하면 행복했고 네가 슬프면 슬펐다.
그렇게 너는 나의 시간 속에 항상 자리매김해 있고
그렇게 나도 너의 시간 속에 자리매김해 있다.

불시에 찾아온 서운함으로 공허한 마음이 생길 때면
나는 지난날을 돌아봤다.

너와 내가 무엇 때문에 싸웠고

무엇 때문에 기뻐했고

무엇 때문에 힘들어했는지

다시금 되짚어가며 버릴 건 버리고 얻을 건 얻었다.

그렇게 너라는 사람을 알아가면서

조금씩 '사랑'에 대해 생각하는 시간이 많아졌다.

사랑하기에 앞서 매 순간

노력하는 사람이 되어야 한다고 생각한다.

연애에도 공부가 필요하며

늘 해도 부족한 공부가 연애라고 생각한다.

머리로 사랑을 계산하는 그런 연애를 말하는 것이 아니다.

상대방이 어떻게 하면 더 기뻐할까, 이런 행복한 고민들이

나에게 스며든 후 진심이 되어 나올 때

비로소 누군가를 사랑할 준비가 조금은 되었다고 생각한다.

나는 아직도 공부 중이다.

네가 나 없으면 이 세상 못 살겠다는 생각과 마음을

영원토록 머금을 수 있도록.

당신에게 오늘도 많이 사랑한다고 전하고 싶은 밤이다.

마음

당신을 사랑하는 마음은 바다보다 넓은데

가슴은 한없이 작으니

그저 가슴 터질 듯이 사랑할 수밖에.

익숙함

익숙함에 속았는데도
네가 가장 소중하다.

솔직한 이야기

한번은 그녀가 다른 이성을 만나러 간 적이 있었다.

물론 나에게 얘기하고 가긴 했지만, 미리 말한 게 아니라 내가
남자를 만나러 가느냐고 물었을 때 그제야 그렇다고 대답했
다. 처음부터 예감이 좋지가 않았다. 저녁 식사만 간단히 하겠
다고 해놓고 밤 10시가 돼서야 연락이 왔다. 화가 너무 치밀어
올랐지만, 처음부터 다짜고짜 화를 내면서 내 감정을 터뜨리진
않았다. 애써 담담한 얼굴로 그녀에게 물었다.

"어떻게 연락 한 통도 없을 수가 있어?"

그녀는 원래 다른 사람과 있을 때는 휴대폰을 안 본다고 대답
했다. 돌이켜 생각해봐도 여전히 이해가 되지 않는 마인드다.

아직 자기가 무엇을 잘못했는지도 깨닫지 못한 채 기약 없는 연락만 애타게 기다리게 한 연인에게 사과조차 하지 않는 그녀에게 이참에 솔직하게 말하고 싶었다. 난 상황을 하나하나 예로 들어가며 입장 바꿔서 생각해보라고 차근차근 설명했다. 그녀는 그제야 미안해하는 눈치였다.

그녀는 술을 마시지 않는다. 그래서 그나마 안심이 되긴 했지만, 솔직한 내 속마음은 이런 것이었다.

네가 다른 사람을 만나러 간다고 할 때마다 넌, 나에게 왜 그렇게 신경을 쓰냐며 자주 묻지. 네 앞에선 제대로 말하지 못하겠지만 너한테 뱉은 말들 중에 한 가지 확실한 건,

너를 못 믿어서 불안한 게 아니고
네 주변을 못 믿어서 불안하다는 거야.

구속

사랑하는 사람을 구속하려 하지 않는 것이 좋다.

원래 누군가를 자신만큼 좋아하게 되면 온전히 내 거였으면 좋겠고 나만 바라봤으면 좋겠고 그 사람이 나와 모든 것을 공유했으면 하는 바람이 생기기 마련이다. 하지만 도를 넘는 구속이 반복되면 한쪽은 점점 지쳐갈 수밖에 없다. 집착과 구속이 반복되면 상대방은 '나를 못 믿는 건가?'라는 생각을 하게 된다. 그때부터 둘 사이의 신뢰는 점점 깎이고 끝내 한쪽이 포기하고 마는 잘못되고 일방적인 사랑이 되어버리기 십상이니까.

한 가지 확실한 건, 강하게 상대방을 억압하고 나의 틀에 가두려 한다고 해서 그 사람이 결코 내 틀 안에 갇혀 있지 않는다는 점이다. 상대방은 언젠가 지치게 되며 나중엔 내가 붙잡을 틈

도 없이 마음이 식어 미련하게 놓칠 수도 있다는 걸 말해주고
싶다.

곁에 있는 소중한 사람을
미련한 방법으로 사랑하여
놓치는 일은 정말로 없었으면 좋겠다.

가장 중요한 건 내가 왜 서운했는지, 그리고 앞으로 어떻게 풀
어갈 것인지에 대한 방향을 세우고 충분히 이야기를 나누는
것이다. 상대방을 이해시키기에 충분한 대화만큼 가장 좋은 해
결책은 없으니까.

첫사랑

저마다의 첫사랑이 아름다웠던 이유는 그만큼 서투르게 사랑을 했기 때문이 아닐까. 현실적인 계산 같은 것 없이 사랑했기에 어린 시절의 풋풋함이 기억 속에 온전히 머물러 있다. 그때보다 조금 더 성숙해진 지금에는 손쉽게 할 수 있는 것을 그 시절에는 하염없이 서툴면서도 둘이 서로 해결해보려고 아등바등했다. 그 모습을 떠올리면 절로 웃음이 나며 귀여움을 느낀다.

하지만 그때의 우리는 사랑의 열정만으로 해결할 수 없는 일이 많다는 걸 오래지 않아 깨달았다. 뜨겁게 사랑했으나 주머니는 항상 가벼웠고, 해주고 싶어도 해줄 수 있는 게 많이 없던 나날이었다. 그래서 첫사랑은 되돌아보면 습작과 같은, 미숙함이 배어 아쉬움 가득한 영화와 같은 인생의 한 장면이다.
아무것도 가진 것이 없는 상황에서 모든 걸 다 바칠 수 있다고

생각하며 사랑했던 그 시절을 곱씹으며 우리는 어른이 됐다. 어린 날의 무모함은 사라졌고 주머니는 비교적 두둑해졌지만 찬란하던 순간을 함께했던 너는 이미 다른 사람한테 떠나버렸고, 이제 내 곁엔 추억의 잔상으로밖에 남아 있지 않다. 나의 그 시절을 행복하게 만들어준 첫사랑한테 이야기해주고 싶은 못다 한 말이 있다.

늘 그립고 아쉬운 나의 영화 같은 사랑아. 내 인생의 마음 한 자리에 추억으로 남아줘서 고맙다. 스쳐 지나간 인연이라기엔 아직도 너무 큰 그리움으로 가득 차 있는 사람아.

드라마

한때 흡입력 높은 연애 드라마가 쏟아져 나오던 시기가 있었다. 몇 년이 지난 지금도 재밌게 다시 보곤 한다. 사랑에 빠진 남자와 여자의 심리가 잘 묘사되고 세밀하게 표현된, 감정 디테일이 살아 있는 드라마는 나에게 늘 좋은 자극이 되었다. 연애하면서 사람에게 상처를 많이 받았던 터라, 드라마 속 연기자들의 능숙한 화법은 나의 이상적인 모습이었고 배우고 싶었고 써먹고 싶었다. 그래서 난 드라마를 보고 난 뒤 이성과 대화하는 방법까지 검색해서 동영상을 찾아보곤 했다.

지금 생각해보면 그렇게 멍청한 짓이 없기도 했지만, 그래도 그때의 숱한 노력과 시도 끝에 이런 깨달음을 얻었다. 세상을 살아가는 데 있어 번민에 앞서 그 무엇보다 자신감이 중요하다는 것을. 그런 결론을 얻었기에 결코 헛된 시간은 아니었다.

보는 이마저 행복감에 젖어들게 만드는 연애 드라마를 보면 항상 느낀다. 평생 내 곁에서 함께할 사람을 저렇게 사랑해줘야지. 드라마에서 보고 느낀 만큼 아껴주며 행복하게 해줘야지. 또 저렇게 드라마 같은 사랑이 실제로 있다는 걸 실감하게 해줘야지.

사람들은 흔히 연애 드라마를 보며 대리만족을 하고 설레고 마치 자기가 드라마 속 주인공이라도 된 것처럼 사랑에 빠지곤 한다. 그리고 드라마가 끝나면 이렇게 말한다. "드라마니까 저렇지, 저런 사랑이 존재하긴 해?"라며 혀를 차기 바쁘다.

나도 물론 드라마 속 과장된 설정까지 모두 따라 할 수는 없다. 예를 들어 재벌 2세와 가난한 아르바이트생의 사랑이라든가, 여주인공이 위험한 순간에 바로 앞에 나타나 영웅처럼 구해주는 극적인 장면을 평범한 내가 연출하기란 거의 불가능하다.

이런 허구적인 로맨스가 아닌, 연인 사이에 시켜야 할 최소한의 약속들, 이를테면 연락 문제나 다른 이성과 관계된 문제처럼 내가 할 수 있는 일에는 최선을 다하고 싶다. 이따금 상대방이 감동할 수 있는 소소한 이벤트를 선사하여 드라마 속 극적인 사랑에는 설령 못 미칠지라도, 세상 누구와 비교해도 손색이 없을 나만의 사랑을 주고 싶다.

오늘도 가상현실을 통한 대리만족이 아닌, 가상현실보다 더한, 대리만족 따위와는 비교도 할 수 없는 사랑을 주고 싶은 마음을 간신히 억누르고 있다.

사랑할 수 있을 때
후회 없이 사랑하라

사랑할 때 괜한 자존심은 내세울 필요 없다.

가장 안타까운 사랑은

서로 아직 많이 사랑하는데 헤어진 것과

실수를 용서하지 못해서 헤어진 것.

그리고 가장 안타까운 사람은

지나고 나서 후회하는 사람.

이기적

우리가 사랑을 할 때면 자신도 모르게 이기적일 때가 많다.

상대방이 온전히 나만 좋아했으면 좋겠고, 나만 만났으면 좋겠고, 친구라도 다른 이성과는 멀리했으면 좋겠고, 또 술자리나 밤늦게 약속 있는 건 더욱 싫다. 이건 어느 누가 사랑을 하더라도 당연한 심리고 바람이다.

이기적인 마음이 지나치면 서로가 힘들겠지만, 어느 정도 적절한 범위 내라면 그 이기적인 마음은 '내가 그만큼 너를 좋아하고 네가 나만 바라봐주기를 바란다'라는 소리 없는 사랑의 고백이라고 생각했으면 한다.

누군가를 새롭게 알아가는 과정과 시간은 언제나 설레고 떨린다. 원래 사람 마음이란 게, 시간이 지나면 지날수록 상대가 더 좋아지기 마련이다. 마음이 깊어지는 만큼 내 옆에 두고 싶은 집착과 이기적인 마음이 생기는 것도 당연하다. 나도 너에 대한 사랑만은 그 누구보다도 이기적이고 싶다.

그건 나를 위한 이기가 아니다. 네가 매일 사랑받고 있다고 느끼도록 만들고 싶은 이기심이란 것을 너에게 굳이 말하고 싶지 않다.

어차피 넌 하루에도 수십 번 나에게 사랑만 받으면서 살아가기에도 시간이 턱없이 부족하니까.

장미

그녀에게 장미꽃 한 송이와 손거울을 선물하고 싶다.

그녀에게 장미꽃을 건네며

"당신이 오늘을 행복하게 기억할 수 있도록 준비했어요."

하고 말을 건넨 뒤 그녀 얼굴에 손거울을 보여주며

"저 장미꽃은 당신의 꽃이고 이건 내 꽃이에요."

그렇게 말을 하고

내 꽃이 더 예쁘다고 자랑하고 싶다.

남들은 오글거린다고 말하겠지만 어찌겠나.

지금 이 순간이 사랑인 것을.

악몽과 깨달음

어느 날은 너와 전화를 하는 도중에 잠들었는데
사랑하는 꿈인 줄 알았지만 악몽이었다.

네가 나 말고 다른 사람과
함께하는 모습이 꿈에 나왔을 때
난 겁에 질린 듯 1초 만에 잠에서 깨어났으니.

벌떡 일어난 그 순간
피로가 다 사라졌으니까
그때 그 기분은 뭐, 말 다 했지.

미안해

연애가 마냥 좋을 수는 없다.
사랑하는 시간이 있다면
다툼의 시간도 있어야 하는 법이다.

다만 그 다툼의 끝에서
언제나 미안하고 사랑한다며
자존심을 굽힐 때
그 사랑은 더 커지는 것.

미안하다는 말을 밥 먹듯이 하는 건 문제가 있지만
그 말의 필요성을 느낄 땐
서슴없이 말하는 것이 좋다.

전혀 부끄러운 일도 아니고

도리어 이 말의 힘은

상대방의 마음을 녹일 수 있을 만큼 위대하니까.

그 사실을 잘 알기에,

나는 종종 내가 불리할 때마다

먼저 써먹는 편이다.

자격

우리가 사랑하면서 늘 착각하고 놓치는 부분이 있다.

좋아하는 사람의 마음을 얻었다는 건
사랑할 수 있는 자격이 주어진 것이다.

지금 당신이 지닌 자격은 옆집 사람도, 잘나가는 연예인도, 돈 많은 사람도, 그 누구도 대신할 수 없는 오로지 당신만의 자격이다. 누군가를 사랑할 수 있는 자격이 주어진 만큼 책임감 있게 행동했으면 좋겠다. 한 번 더 이성적으로 생각하면 되는 문제에 쉽게 마음이 상해서 상대방에게 투덜대고 괜히 마음에도 없는 말로 미련하게 상처를 주는 건 바보 같은 짓이다. 표현이 서툴고 어리숙해도 상관없다. 진심이 담긴 아름다운 말로 사랑을 키워가기를 바란다. 지나고 돌이켜보면 별것도 아닌 사소한 일로 서로 상처받기보단 이해심과 배려로 상대방과 현명하게 문제를 풀어가며 사랑했으면 한다. 서로에 대한 애틋한 마음이 더 커질 수 있도록 말이다.

예를 들어 오늘 피치 못하게 다른 이성과 만남이 있어서 혹여 상대방의 마음을 언짢게 했다면 "오늘 내가 본 사람 중에 네가 가장 눈부시다"라는 손발이 오그라드는 멘트와 함께 "오늘 하루 종일 나 때문에 신경 쓰고 마음이 안 좋았다면 미안하다"라면서 사과하고 자신의 상황을 이해하기 쉽게 설명하기를.

어려운 이야기가 아니다. 시시때때로 닥치는 위기를 모면하는 그런 융통성은 사랑에 필수다. 누군가를 사랑할 수 있는 자격을 어렵게 얻은 만큼 그 가치를 늘 소중하게 생각하고 잊지 않았으면 하는 바람이다.

학창시절

과거로 돌아갈 수 있다면 너와 학창시절을 같이 보내고 싶다. 가장 오롯이 순수했던 너의 모습을 보고 싶다. 얼마나 사랑스럽고 예쁠까? 지금도 이렇게 예쁜데. 과거로 돌아간다면 아마 나는 3년 내내 네 옆을 떠나질 않을 것 같다.

사실 나이를 먹고 어느 정도 성숙한 상태에서 너를 만나서 조금 다행인 게, 어린 마음에 지금처럼 너를 쫓아다녔다면 너는 나를 이상하게 여겼겠지. 그랬다면 나에게 너는 지금의 연인 사이가 아닌 가슴 아픈 어린 시절 첫사랑으로 남을 뻔했겠다.

참 웃긴 게, 풋풋할 네 모습만을 상상하면 과거로 돌아가고 싶지만 '첫사랑으로만 남으면 어떡하지'라는 생각이 들 때면 또 돌아가고 싶지 않기도 하다.

메신저

요즘은 휴대폰을 잠깐이라도 확인하지 않으면 불안하고 초조한 세상이다. 그렇기에 연인 사이에서 휴대폰으로 주고받는 대화가 더욱 중요해졌다. 하지만 연인들이 다툴 때 가장 하지 말아야 할 일이 메신저로 싸우는 것이다. 메신저로 다투는 그 과정이야말로 가장 미련하다고 말해주고 싶다.

최소한 상대방의 얼굴을 마주 보며 섭섭한 부분을 대화로 풀어갔으면 한다. 상대방이 잘못을 했다면 당연히 화나는 것도 알겠고 가슴에 맺히는 말을 뱉고 싶은 마음도 안다. 하지만 메신저로 싸우다 보면 중요한 부분을 놓치게 된다. 나도 지난날을 돌이켜보니 열이면 아홉 메신저로 연락하고는 이모티콘 하나까지 트집 잡으며 다퉜던 기억이 난다.

되돌아보면 얼굴을 마주하고 데이트하면서 다투는 경우는 그리 많지 않았다. 그러니 좋지 못한 상황일수록 얼굴을 보며 함께 풀어갔으면 좋겠다. 당신이 상대방에게 서운함을 표현하는 방법이 얼굴을 마주한 대화가 아닌 메신저 대화라면 오해는 더 커지고 상처는 배가될 테니 말이다.

널 사랑하는 밤

네 입술에 정신없이 취하고 싶은 밤이다.
마치 구름같이 푹신한 침대 위에서 너를 끌어안으며 너의 귀에
입술을 가까이 대고 사랑한다고 속삭이고, 너와의 거리가 가까
워질 때 서로의 호흡을 나눠 가져 이 밤에 취해 빨갛게 물든 너
의 귀여운 볼을 따뜻한 내 손으로 어루만지며, 그렇게 온전한
서로의 솔직한 모습으로 다가가며 모든 것을 공유하고 싶다.

침대 위에서 너는 예쁘다. 아니, 아름답다는 표현이 더 정확하
다. 살짝 풀린 눈. 도톰한 입술. 발그레한 볼. 너의 부끄러워하
는 모든 몸짓은 내 눈과 마음을 아찔하게 만들기에 충분하다.
술을 잘하지 못하는 나지만, 너와 밤새 술을 마시고 싶은 밤이
랄까. 쌀쌀해진 날씨를 핑계로 서로의 체온을 나눠 가지고, 시
답잖은 농담으로 시작해서 사랑한다는 말로 끝맺으며. 네 입

술에 정신없이 취하고 싶은 밤이다.

목에서 피어나는 분홍 꽃에 물을 주며

그렇게 영원히 끝나지 않을 것 같은 사랑을 함께 나누며.

미련한 행동

우리는 누군가를 좋아하고 사랑하게 되었을 때
마치 속 좁은 어린아이처럼 행동하기 마련이다.

나는 당신이 질투에 눈이 멀어서 내일을 보지 못하고
그 사람을 떠나보내는 미련한 행동은 하지 않았으면 좋겠다.

해서는 안 될 말

연인 사이에서 절대 해서는 안 될 말은 "헤어져".

"헤어져"라는 말은 아무리 화가 나도 절대 뱉어서는 안 될 말이다. 상대방이 당신의 기분을 알아줬으면 하더라도 그렇게 무책임한 말을 뱉으면 더더욱 안 된다. 결국 헤어지자고 먼저 말해도 잡아주길 바라는 게 사람 마음이니까.

차라리 서운한 부분을 충분히 이야기하면서 문제를 같이 풀어가는 방향이 더 옳다. 현명하게 사랑하며 아껴줘야지, 무턱대고 감당하지도 못할 말을 뱉으며 사랑하진 않았으면 한다. 원래 수천 번의 "사랑해"가 단 한 번의 "헤어져" 앞에서 너무 무력한 법이니까.

가족처럼 의지하고 믿으며 사랑하는 사이가 "헤어지자"라는
말 한마디로 인해 남보다 못한 사이가 된다면 그 슬픔의 무게
와 공허함을 과연 버틸 수 있을까.

버틸 수 없다면 애당초 "끝"이라는 말을 꺼내지 말 것.
다툼의 원인과 해결 방법에 대해서만 대화를 이어갈 것.
화해를 한 후 미안하고 사랑한다며 꼭 안아줄 것.

이유

나를 사랑하게 될 여자에게 벌써부터 미안하다.

나는 특출하게 잘생긴 것도 아니고
여러 방면에서 많이 부족한 남자인데
그런 남자친구를 만나게 해서
벌써부터 그녀에게 미안하다.

이렇게 부족한 내가 당신을 사랑한다는 것이
얼마나 큰 축복인지 알기에
아낌없이 사랑할 거고 사랑으로 아껴줄 거다.

내가 왜 당신을 사랑하는지 이유를 궁금해한다면
나는 이렇게 말하고 싶다.

"내가 너를 사랑하는 이유는
밤이 되면 잠을 자듯 아침이 되면 눈을 뜨듯
너무나도 당연한 일이야.
그게 내가 너를 사랑하는 이유야."

소중한 사랑

사랑이 마음먹은 대로 이어진다면
왜 다툼이 있고 이별이 있고 그러겠어.

다들 서툴지만 그 사랑이 소중해서
지키고 싶어 하는 거잖아.

그래서 다시 만난 사랑이 더 애틋한 거고,
위기를 극복한 사랑이 더 견고한 거지.

다툼

지금 당신이 누군가를 사랑하고 있다면 꼭 전해주고 싶은 말이 여럿 있다.

메신저로 다투는 것을 비롯해 연인들은 매일같이 다툼이 끊이질 않는다. 연인과 다툼이 생길 때는 무엇 때문에 다툼으로 이어졌는지 생각하고 그 문제에 대해서만 이야기하는 편이 낫다. 괜히 지난 일까지 들추면서 상대방에게 아픈 말을 내뱉는 건 서로에게 실수고 아무 도움이 되지 않는다. 또한 괜한 자존심을 내세울 필요도 없다. 최대한 빨리 먼저 사과를 하는 편이 더 좋으니까. 가장 중요한 건 화해를 한 후에는 꼭 사랑한다고 먼저 말하는 것이다.

지금 곁에 있는 내 사람이 내 사랑이 되기 전 가슴 떨리고 설레던 그때를 매 순간 기억한다면 지금의 감정도 조금은 진정될 테니 말이다. 어차피 서운함과 잠깐의 화는 식기 마련이다. 먼저 솔직하게 당신의 감정을 비치며 다가간다면 금방 풀려버릴, 사실 별것도 아닌 문제다. 사랑하기 때문에 다툼도 생기는 법이니까.

표현

어떠한 사람을 만나느냐에 따라 다르지만,
다들 사랑하는 사람에게 표현하기를 부끄러워한다.
그러고는 대개 머쓱해하며 이런 말을 덧붙인다.
"'사랑한다'라는 표현은 가끔 해야 좋은 거야."

아니, 전혀 그렇지 않다.
표현은 하면 할수록 좋다.
미안하다, 고맙다, 사랑한다.
잦은 표현을 통하여 관계의 끈을 더 늘려가는 것이
가장 현명한 방법이다.

내 감정을 솔직하게 내비친다면
언제나 상대방과 거리낌이 없는 사이가 될 테니.

힘들 때나 기쁠 때나

의지하고 싶은 사람으로 남아주는 것이

서로에게 더 행복한 일이니까.

둘이서 하는 사랑

여자 우리는 참 다툼이 많은 거 같아. 너도 그렇게 느끼지?

남자 뭐 인정하고 싶진 않지만 싸우는 날이 많기는 하지.

여자 난 자존심이 센 사람이야. 상처도 많고, 때론 나만 생각하는 이기적인 사람일 수도 있어.

남자 알아.

여자 그래도 괜찮아?

남자 뭐 대수로운 일이라고 이제 와서 그런 말을 해. 그런 거 생각했으면 지금 네 곁에 있지도 않았을 텐데.

여자 정말 말은 잘해.

남자 근데 나도 그래. 친구들하고 내기를 하면 무조건 이기려 하고, 자존심이 누구보다 강하고 나만 생각하는 이기적인 사람이야. 근데 네 앞에선 내 자존심이나 나의 이기심이나 마음, 시간 모두 다 부질없다고만 느껴져. 원래 생색 같은 건 내기 싫은데 이건 좀 생색내야겠다. 네 앞에서만 이렇게 되는 거 같아. 그렇다고 네가 그렇게 나한테 모질게만 구는 것도 아니잖아. 너를 만나고 난 이후에 웃는 날이 더 많아졌는걸. 우리가 사랑하는 그날까지 난 너한테 앞으로도 최선을 다할 거야. 난 네가 계속 내 곁에서 나만 가득하면 좋겠다.

지금 우리는 권태기

이런 말을 꺼내는 게 좀 어색하긴 하지만 솔직하게 마음을 전해보려 해.

우리 처음 만났을 때 네가 나 뚫어져라 쳐다봤잖아. 그때 심장 터질 거 같았던 건 덤이고 네 눈이 되게 예뻤어. 음, 뭐랄까. 순수한 마음이 눈동자 안에 묻어 있었다고나 할까. 아, 그리고 너한테 꽃을 처음 주던 날에 얼마나 부끄러웠는지. 아직도 꽃 사는 게 부끄럽긴 한데 네가 꽃을 보고 환하게 웃는 모습이 너무 예뻐서 종종 쭈뼛쭈뼛 꽃집에 들러서 안개꽃과 장미꽃을 들고 예쁘게 포장해달라는 말을 해. 그렇게 아무 걱정 없어 보이는 네 미소가, 환하게 웃는 모습이 보고 싶더라고. 아, 그리고 너와 처음 손을 잡았을 때는 손에서도 심장이 뛰는 줄 알았어. 그만큼 네 앞에만 서면 항상 너만 생각했던 거 같아.

말이 좀 횡설수설했지. 내가 하고 싶은 말은, 처음 시작했을 때 넌 나에게 이 정도로 어렵고 소중한 사람이었어. 근데 요즘 들어 바보 같은 내가 중요한 것을 놓치고 있더라고. 네 마음을 얻으려고 정말 열심히 노력하고 어떻게 하면 잘 보일지 거울 앞에서 여러 차례 옷을 갈아입고 또 어떻게 말을 건네야 좋을지 연습하던, 행복한 고민에 잠겨 있었던 그 시절이 요즘 들어 다시금 떠올라.

미안해. 여전히 넌 나에게 가장 소중한 사람이야. 처음 그때 그 마음 잊지 않으며 앞으로도 계속 열심히 사랑할게. 사랑해.

여행

마음이 울적하고 공허한 날에는
너와 어디론가 떠나고 싶다.

지금 하고 있는 모든 걱정과 고민이 사라지진 않겠지만,
마음에 조금이라도 여유를 갖고
가장 소중한 사람과 여행을 떠나고 싶다.

잠시나마 내일의 짐을 모두 내려놓고
소중한 사람과 낮과 밤, 나의 모든 시간을 나누며,
그 시간이 영원히 멈추지 않길 바라며.

내 삶의 활력소

여자

하루 종일 같이 붙어 있던 너인데, 앞으로 며칠 동안은 서로 떨어져 있어야 된다는 생각에 너를 두고 발걸음이 떨어지지 않았어. 주변 연인들은 일주일에 한 번꼴로 만난다고들 하지만 우리는 일주일을 매일같이 붙어 있었잖아. 그곳이 너의 집이든 우리 집이든 카페든 영화관이든 우리가 자주 가는 단골 맛집이든. 모든 곳이 다 눈에 밟혀서 너를 두고 어디에도 갈 수가 없을 거 같아. 어쩌면 누군가는 몇 달을 떨어져 있는 것도 아닌데, 웬 유난이냐고 할 수 있겠지. 하지만 어쩌겠어. 매일 보고 싶은 게 너이고, 이게 사랑인 거 같은데.

참 웃겨. 그저 넌 가족들하고 제주도 여행을 간 것뿐인데, 나에 겐 참 길고 긴 시간이었다는 게. 아침에 눈을 뜨며 하루를 맞이 할 때 오늘은 너를 만나지 못한다는 생각에 마냥 공허했어. 사 람을 만나는 일에도 의욕이 없고, 그저 하루를 허송세월 보냈 던 거 같아. 우린 떨어져 있는 동안 보고 싶다는 말만 연신 주 고받았지. 가까이 붙어 있을 땐 몰랐던 소중함과 사랑을 깨닫 게 해주었던 시간들이었던 거 같아.

네가 가장 보고 싶었던 순간은 내가 아팠을 때. 네가 이마에 올 려주었던 물수건, 안쓰럽다는 얼굴로 나를 바라보며 걱정해주 던 말투. 그게 그렇게 그리워서 네 잔상이 더욱 짙게 남아 있었 던 거 같아. 오늘은 너를 만나는 날인데 가슴이 너무 떨려. 긴 시간 내내 함께했어도 오늘만큼은 잘 보이고 싶은 마음뿐이 라, 옷도 말끔히 입고 왁스도 바르고 향수도 뿌렸어. 그렇게 너 를 다시 한번 반하게 만들고 싶은 마음뿐이야. 뭐랄까? 누군가 지금 이 순간과 감성을 불어본다면 나는 지금 사랑인 거 같다 고 말할 거 같은데.

너와 내가 우리가 되어도

서로 살아왔던 환경, 가치관, 성격, 말투, 생김새 모든 것이 나와 다른 누군가를 좋아할 수밖에 없을 때 우린 그걸 사랑이라고 표현한다. 그 풋풋한 감정의 결과물이 '나와 당신'이 아닌 '우리'가 되면 그 사랑은 더 소중해지기 마련이다. 그래서 당신이 나한테 소중하다. 벌써 당신과 함께 사계절을 떠나보냈고 다음 계절을 기다리고 있음에도 불구하고 아직도 당신이 좋고 언제나 설렌다.

누군가는 말한다. "영원한 건 없다"라고. 나도 그렇게 생각한다. 다만 간절하게 바라는 것을 오래도록 지키려면 그만큼 내가 노력해야 한다고 생각한다. 사랑도 그렇다. 어떤 이들은 만나면 만날수록 상대에 익숙해져서 소중함을 잃는다고 하더라. 그런데 그건 어디까지나 그 사랑을 처음과 같은 마음으로 지키려고 노력조차 하지 않은 대가라고 생각한다.

그래서 나는 항상 당신을 위해 매일 기도하고 감사하며 살아
가고 있다. 지금 나는 사랑을 하고 있다고 부끄럼 없이 당당하
게 말할 수 있도록.

후회 없이 감사하며 앞으로도 사랑하려 한다.
오늘도 많이 사랑한다.

부모님의 결혼기념일

얼마 전 부모님의 결혼기념일이었다. 작년과 동일하게 아버지는 어머니가 재직하고 계신 학교로 카드와 함께 꽃바구니를 보내셨다. 카드 문구 중, '애인 같은 남편'이라는 구절은 다시 봐도 참 인상적이다. 자식을 키우는 부모이기 전에 두 분에게도 풋풋하게 연애하는 소년과 소녀였던 시절이 있으셨겠지. 그 연애 시절에 느꼈던 행복보다 더 큰 행복을 드릴 수 있을지 모르겠지만, 자식이 태어나면서 애인에서 부모가 된 두 분에게 못다 누린 행복과 청춘을 자식으로서 책임감을 갖고 하나하나씩 갚아드려야겠다 다짐한다.

나도 한 여자를 사랑하는 남자이지만, 아버지의 서프라이즈 선물은 매년 보면서도 감탄할 만큼 근사하다. 꽃바구니를 받은 순간 어머니는 주위로부터 질투와 선망의 눈길을 받으면서 으

쓱하셨겠지. 사랑하는 사람에게 사랑받는다는 것은 언제나 아름답고 값지다.

우리는 흔히 가슴 떨리고 설레는 순간만이 사랑이라고 생각하기 쉽지만, 꼭 그런 것만이 사랑이라고 단정 지을 수 없는 것 같다. 삶을 함께 만들어가고 그 시간 속에서 서로 닮아가며 이해하고 포용하는 것이야말로 진정한 사랑이라 할 수 있지 않을까.

그런 의미에서 아버지는 어머니를 진정 사랑하시는 것 같다. 그런 아버지를 나도 닮고 싶다.

따뜻함

온기가 사라진 차디찬 세상에서

언제나 나를 믿고 응원해주는 사람이 있다는 건

가장 큰 축복이 아닐까요.

그렇다고 확신합니다.

사람과 사랑을 동시에 얻었으니까요.

PART 2

이별, 이렇게 힘들 줄 알았으면
애당초 시작조차 안 했을 텐데

잠에서 깨어나 보니 모든 감정들이 꿈이었다.
내가 너를 사랑하고 있었던 시절마저도 모두.

잘 지내, 안녕

여자

우리가 헤어지고 얼마나 시간이 지났을까. 계절이 여러 번 지나갔으니 시간이 꽤 흘렀나 보다. 솔직히 네가 날 떠나고 나, 다시는 사랑 같은 거 안 할 줄 알았어. 아니, 못 할 줄 알았어. 음식점 가는 길에도, 카페에 가는 길에도, 집으로 향하는 길에도 온통 너와 함께했던 추억으로 가득했으니까. 막상 네가 내 눈앞에 없으니 그립기도 하고 새벽에는 보고 싶기까지 하더라. 아직 너를 사랑해서인지 단순히 정 때문인지 아니면 내가 혼자인 게 익숙하지 않아서, 외로워서인지 잘 모르겠지만. 네가 없는 공백기가 처음에는 정말 죽을 만큼 힘들었어. 새벽만 되면 혼자 울다 지치고, 너를 미워하고 그리워하고 추억하다 너를 지워버렸어. 내가 더 이상 비참해지기 싫으니까.

한때는 너 없으면 안 될 줄 알았는데, 꼭 그런 것만은 아니더라. 너도 나도 꼭 좋은 사람 만나서 서로에게 받은 상처 다 아물었으면 좋겠다. 잘 지내, 안녕.

남자

너를 미련하게 떠나보내고 난 뒤, 우리가 즐겨 찾던 카페에 가면 우연히 너를 마주치진 않을까 하며 혼자 자주 찾아가곤 했어. 마지막으로, 정말 마지막으로 한 번만 더 가보고 발걸음을 돌리려 해. 오늘은 네가 있었으면 좋겠는데 막상 네가 눈앞에 나타난다 해도 뭐라고 말을 건넬지 모르겠어. 무거운 마음으로 두려움과 설렘을 느끼며 카페 문을 여는 순간, 내 눈에 가장 익숙한 생김새를 하고 익숙한 목소리로 떠드는 사람이 저기 의자에 앉아 웃고 있지만 차마 다가갈 수가 없어.
그냥 마지막으로 잘 지내는 모습을 본 것만으로도 충분해. 너처럼 나도 다시 웃을 수 있는 날이 오겠지. 그게 너의 곁은 아니겠지만. 그동안 미안했어. 아프지 말고, 잘 지내.

담배

우리의 연애는 담배와도 같았다.

난 내 전부를 태워서 너를 사랑하였고
넌 내 전부를 받으며 나를 사랑했지만

연애 끝에 비로소 깨달았다.

넌 나에겐 재만 되었고
난 너에겐 해만 되었다.

뭐 어쩌겠냐, 이미 헤어졌는데

참 미련하게도 서로 사랑했었다. 그땐 왜 그렇게도 서로에게 쉽게 토라졌는지. 너무나도 속 좁았던 그때 그 시절. 새벽만 되면 아쉬움이 몰려와. 어떻게 지내고 있는지 모르겠지만 잘 살아라. 미련 따위는 전혀 없지만 그래도 다신 안 볼 사이라고 악담하고 싶지는 않다. 더 이상 네가 없는 새벽을 달래보려고 이 사람 저 사람에게 연락하며 외로움을 덜어내고 싶진 않거든. 서로 좋은 사람 만나서 지난 과거가 좋았든 싫었든 모두 씻어낼 수 있도록.

지친다

네 연락이 늦어지면 나는 항상 불안했다. 너의 일거수일투족을
전부 알기 원한 것이 아니다. 집착이나 의심이 아닌, 그저 네가
일상 속에서 늘 나를 염두에 두고 있다는 것을 확인하고 싶었
던 것이다. 그러한 마음의 증거가 바로 연락일 테니.

하지만 너는 늘 늦은 새벽이 돼서야 연락을 보내왔다. 항상 하
는 말은 왜 그렇게 너를 귀찮게 하느냐는 짜증과 변명이었다.
이런 상황마다 미칠 듯이 괴로웠다. 나의 감정과 너의 감정이
같지 않음을 안다는 것은 아주 아픈 일이기에. 난 하루를 꼬박
너로 채워내는데 너는 그렇지 않다는 사실을 깨닫는 게.

그래서 하나씩 포기하기 시작했다. 하나씩 포기하고 지쳐가면
서 사소한 배려들이 얼마나 소중한지 알게 됐다. 난 큰 것을 바

란 게 아니라 사소한 배려들이 간절했던 것이다.

어디에 간다, 무엇을 한다, 누구와 밥을 먹는다, 그런 간단한 한마디. 내가 너무 큰 걸 바라는 건가 생각하던 그 순간 나 자신한테 너무 가혹하다는 걸 깨달았다. 사실 가혹하게 구는 건 당신인데. 감정의 크기가 다른 관계에서는 도리어 마음이 크면 클수록 사랑이 가혹하게 다가온다는 것을 알았다.

연애도 지치면 끝이다. 사랑의 크기는 클수록, 상대와 반비례 할수록 더 쉽게 지치곤 한다.

상처

원래 준 사람은 모르지.

계속 아파하는 건 받은 사람의 몫이고.

너의 잔상

여자

나의 모든 시간을 누군가와 나눠 갖는 게 처음엔 그렇게 싫었어. 그동안 혼자만의 시간이 익숙했던 나여서, 누가 내 삶에 관여하고 참견하는 것이 싫었거든. 그래서 그런 걸까. 너와 헤어진 이유 중에 가장 큰 이유를 꼽자면 나만의 시간이 없어서였어. 우린 정말 너무나도 끔찍이 사랑했지. 하루 종일 서로를 마주 보는 일은 당연했고, 예전 같으면 숨기기에 바빴던 나의 부끄러운 모습들까지 전부 너에게 보여주었으니까.

결혼하기 전까지 아무에게도 민낯을 보여주지 않으려 했던 다짐마저도, 너의 달콤한 말 한마디면 눈 녹듯 사라졌어. 어느샌가 나는 너에게 현혹되어 나의 모든 것을 나누기 바빴어. 그동안 너를 위해 나의 모든 걸 아껴왔던 것일까.

그렇게 나의 모든 것을 다 가져가버린 너와 이별을 하고 난 뒤, 다시 찾아온 나만의 시간이 즐거울 줄만 알았는데 막상 그렇지도 않네. 왜 그땐 몰랐을까. 네가 나에게 하는 잔소리 하나하나마저도 사랑이었다는 것을.

남자

우리가 서로만 바라보며 사랑했던 그 시간 속에서 넌 술에 취하면 항상 나에게 전화를 하곤 했어. 술에 취한 목소리로 오빠 보고 싶다, 어디냐, 나 안 보고 싶으냐며 지금 나와달라고 조르기까지 했지.

넌 모르겠지만 우리가 헤어진 지 몇 달이 다 되어가는 이 새벽에도 넌 나에게 가끔 전화를 하곤 해. 받을까 말까 고민할 새도 없이 전화를 받고 네 걱정을 하기 바쁜 나를 보고 있자면, '아직도 너를 지우지 못한 걸까'라며 나를 미워하게 돼.

너 되게 못됐잖아. 나랑 같이 있는 시간이 싫다면서 나를 떠나가버렸잖아. 그런 사람이 뭐가 좋다고 내가 매달리고 있는지. 아직도 난 너한테 너무 취해 있나 보다. 너를 너무 사랑한 나머지 이 숙취에서 깨어날 수 없나 보다.

이별 뒤에도 이어지는 사랑은 짝사랑인 걸까. 오늘 새벽에는 네 전화가 오지 않을까 하며 기다리는 이 감정이 사랑이라고 믿고 싶진 않다.

당신의 연애는 어땠는지
궁금한 밤

어쩌면 나 혼자만 사랑했던 건 아닌지. 겁도 없이 마음을 전부
내어준 게 후회가 되진 않는지. 함께 공유했던 시간들이 생각
나서 그립기도 하고 슬프기도 하지만, 솔직히 다시 돌아갈 용
기는 없는 건 아닌지. 그래서 매일 새벽마다 힘들어하고 있는
건 아닌지. 아니면, 그래도 꽤 괜찮았던 순간이었다고 웃으며
회상할 수 있는지.

당신의 연애는 어땠는지 궁금한 밤이다. 당신의 사랑은 아프
진 않은지, 괜찮은지 안부를 묻는 밤이다. 새벽을 조금이라도
나누었으면 하는 진심을 담아. 훌훌 털어버리고 마음의 상처
가 치유되는 밤이 되었으면 좋겠다.

끝이 보이는 사랑

요즘 들어 다툼이 너무 잦은 거 같아. 매일같이 싸우고 화해하고 또 싸우고, 이런 과정이 언제쯤 끝날지는 모르겠지만 오늘은 정말 축 처진다. 싸울 힘도 없어. 하루하루가 무기력하고 너와 연락하는 시간이 불편하게 느껴지는 것 같아. 우리 처음엔 안 그랬잖아. 너무 많이 돌아온 걸까. 날 너무 외롭게 만드는 너를 어떻게 받아들여야 할지 모르겠어. 말투부터 시작해서 데이트할 때는 날 쳐다보지도 않고 이젠 배려조차 하지 않는 널 만나는 게 맞는 걸까. 너를 만나고 있어도 너무 외롭다. 지금도 우리가 사랑일까. 이제 그만해야겠어. 나 정말 이렇게 아파하면서까지 네 옆에 있을 자신이 없어. 나 너무 힘들어. 미안해.

남자

오늘 너는 평소와 다른 눈빛이더라. 사람에겐 느낌이란 게 있
잖아. 오늘이 그날이구나 하는 확신이 들었어. '제발 하지 마라.
헤어지자는 말은 제발 하지 마라.' 난 정말 무슨 심보일까. 확
실히 널 예전만큼 좋아하지도 사랑하지도 않는데도 네가 나중
에 내 곁이 아닌 다른 사람 곁에서 함께할 생각만 하면 화가 너
무 치밀어 올라. 이런 게 사랑이니. 네가 말했던 사랑인 거니.
너한테 이렇게 말할 자격 없는 거 내가 가장 잘 알지만 조금만
더 참고 견뎌주면 안 되는 거였을까.

나 아직 준비가 안 됐어. 내가 너무 이기적인 거 알겠는데 내
진심은 아직 네가 없으면 안 될 것 같아. 근데 네가 오늘 내 앞
에서 하염없이 울며 너무 힘들다고, 숨이 안 쉬어진다고 말하
는 모습을 보니까 이젠 놓아줄 때가 된 것 같더라. 미안해. 뒤
늦게 깨달은 내가 너무 등신 같지만 네가 아파했던 시간에 비
해 내가 느끼는 고통은 아무것도 아니겠지. 참 오늘까지 오래
도 걸렸다. 아직은 좋은 사람 만나라면서 쿨하게 말을 전할 순
없지만 그래도 그동안 마음고생 하느라 힘들었지. 미안해.

버림

혼자 남겨진 기분이 얼마나 슬픈지,
그걸 느껴보지 못한 사람은
그게 얼마나 아픈지 모르지.

너와의 모든 추억과 우리의 관계가
한순간에 남보다도 못한 사이가 되었을 때,
만큼은 더더욱.

사진

당신과 연애했을 때 찍었던 사진은
도저히 지울 수가 없습니다.
사진 속에서 환하게 웃고 있는 우리를 보면
아직도 옆에 있는 것처럼 생생해서.

당신 없이 당신의 미소를 보는 일,
당신이 없는 곳에서
당신의 부재를 부정하는 일.

그 모든 아픔들이
이 사진 한 장에서 시작됩니다.

나에게 아픔만 가져다주는 이 사진을

버릴 일은 없을 겁니다.

그 아픔이 나에게 선물했던 추억이,

평생 이로 인해 느낄 고통보다 소중하니.

영원과 미련 사이

사랑이 영원하다면 얼마나 좋을까. 감정의 첫 단추를 끼우기 전에 서로의 곁에 평생 머무를 거라는 확신을 갖고 시작한다면 지금처럼 사랑에 대한 갈급과 갈망은 없을 것이다. 그래서 사랑이 더 소중한 것일까.

영원할 것만 같았던 사랑도 언젠간 그 끝이 다가오기 마련이다. 미련 없이 보내주는 게 마지막까지 사랑을 지키는 법이라곤 하지만, 마음처럼 쉽지 않다는 걸 잘 알기에 아무리 그 끝이 다가온다 한들 쉽게 이별을 논하지는 말아야 한다.

할 수 있는 만큼 최대한 붙잡고 매달렸으면 한다. 당신이 없으면 안 된다는 걸 다시금 확인시켜주고 서로의 지난날을 되짚어보고 잘못된 건 고치며, 더 견고한 사랑을 키워보려고 노력하고 애썼으면 좋겠다.

하지만 당신이 이렇게 자존심을 내려놓기까지 했는데도 당신
곁을 벗어나려고 발버둥 치는 사람은 인연이 아닌, 그저 스쳐
지나가는 사람일 뿐. 아파할 필요도 없다는 말이다.

추억

너한테 스쳐 지나가는 기억보다
자리 잡은 추억으로 남고 싶어.

다시 그 추억을 함께 이어가면 얼마나 좋을까,
내가 너를 생각하는 만큼 너도 나를 생각할까,
라는 슬픈 생각을 머금고.

이별 뒤 우린

여자

지나고 돌이켜보니 너무 미련하게 사랑을 했던 거 같아. 처음엔 마냥 좋았어. 네가 무얼 하든 나를 사랑하는 마음이 보였거든. 눈빛, 말투, 모든 것에서 내가 사랑받는다는 느낌을 받았어. 연애 초반에는 이렇게 행복해도 되는 걸까 싶을 정도로, 내가 이렇게 누군가를 사랑해도 되나? 하는 생각이 들 정도로 네가 마냥 좋았어. 그래서 그런지 주변에서 들리는 이별 이야기는 남 얘기인 줄 알았어. 우리의 연애에는 이별이 없을 줄 알았지. 우린 그때 그렇게 행복했으니까. 하지만 시간이 지나자 서로를 대하는 태도가 조금씩 달라졌던 것 같아. 만나서 얼굴 보고 얘기하면 금방 해결될 문제인데 바보같이 차가운 텍스트 메시지로 싸웠고, 다툼이 오고 가는 시간이 늘어나면 늘어날수록 마음은 점점 식어갔던 거 같아. 이기적인 생각인 거 알지만 네가 내심 잡아주길 바라면서 헤어지자는 말도 내뱉었어. 네가 좋아 죽을 것 같았던 설레던 시간, 서로에게 상처받고 지쳤던 시간, 뒤섞여버린 우리의 시간이 가끔은 생각나서 그립기도 하고 슬프기도 하지만, 솔직히 다시 돌아갈 용기는 없어. 분명 우리에 겐 행복한 시간도 있었지만, 내가 다시 이렇게 상처받으면 너무 힘들 거 같아서 그냥 복잡한 마음뿐이야. 새벽만 되면 더더욱.

남자

너와 헤어졌을 당시 숨이 정말 턱 막히더라. 그냥 그 자리에서 널 붙잡지 못하고 떠나보낸 나는 끝까지 미련했던 것 같아. 잘 지내지? 오늘 하루는 어땠는지 궁금한 마음을 가장한, 보고 싶 은 마음으로 안부를 물어. 너와의 마지막 만남을 뒤로하고 머 릿속에 많은 생각이 오고 갔어. 물론 지금도 생각이 끊이지 않 고. 하루 종일 한 끼도 안 먹었는데 미련과 아쉬움과 공허함으 로 계속 속이 답답하고 더부룩하더라. 차가워진 목소리. 나를 쳐다보는 너의 표정. 눈빛. 이전과는 모든 것이 다른 너의 모습 이 익숙하지 않고, 기억에서 몰아내려 해도 여전히 생생해.
우리가 어디서부터 잘못된 걸까 하며 혼잣말도 연신 내뱉지만 아직도 풀리지 않는 숙제인 거 같아. 사실 이미 답은 알고 있어. 나 자신에게 답을 보여주면서 이렇게 풀어가면 돼, 라고 말하고 싶지만 막상 그러지도 못하겠어. 숙제를 해결할 자격, 능력도 안 돼서 너한테 쉽게 다가갈 수가 없어. 지금 네 마음이 너무 아프고 상처와 병으로 가득한데. 나 혼자만 숙제를 해결한다면 무슨 소용이 있을까. 그건 우리가 같이 해결해야 할 숙제인데. 바보같이 너를 힘들게 했던 과거의 잘못이 나한테 그대로 되돌아오고 있나 봐. 지금 내 눈앞에 네가 없다는 사실을 견디기 힘들더라. 그래서 나는 계속 눈을 감곤 해. 눈 감으면 우리의 추억들이 고스란히 보이니까. 너랑 행복했던 기억을 되살리고 싶으니까.

회상

언젠간 다시 행복한 날이 오겠지.

너도 나도

각자 다른 사람 곁에서.

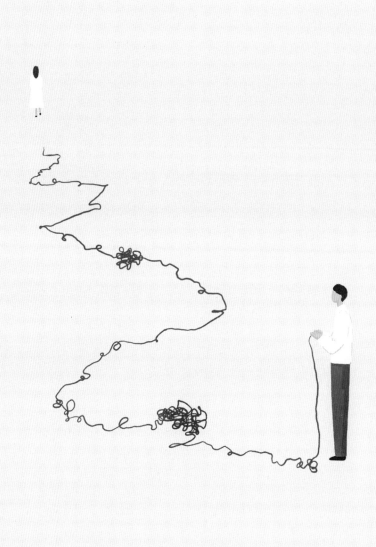

네가 없는 나

우리가 그동안 같이 했던 모든 일들. 저렴한 밥집을 찾아서 이
것저것 많이 시켜놓고 밥을 먹는 것도. 밥을 다 먹고 배가 왜
이렇게 불렀냐며 장난치는 것도. 카페에 가서 아메리카노 한
잔과 생과일주스를 시켜서 나눠 먹는 것도. 하루는 날 잡아 서
점에 가서 하루 종일 책을 읽는 것도. 밤에는 커플 운동화를 신
고 네 손을 잡고 산책을 나가는 것도. 미래에 대한 부푼 꿈들을
신나게 이야기하는 것도. 이젠 더 이상 할 수 없게 되었다는 걸
실감했을 때. 진짜 눈물만 차오르더라.

어디서부터 잘못된 것일까. 널 만나기 이전에는 혼자인 게 가
장 익숙하고 편했는데, 친구가 커플임을 자랑할 때 부러워하지
도 않고 저런 일들 그냥 혼자 하면 어때, 라는 생각으로 살아왔
는데, 어느 순간 네가 사라지고 나니 그 공백이 너무 커서 울고

만 싶다. 난 정말 내가 강한 사람인 줄 알았어. 너한테 내가 먼저 이별을 고하고 행복하게 잘 살 줄만 알았는데 막상 그렇지도 않은 거 같아.

네가 없는 나. 왜 이렇게 어린아이가 된 것 마냥 혼자서는 잘 해내지 못할 것만 같지. 의지할 사람이 필요한 걸까. 아니면 네가 없는 내가 이렇게 별 볼 일 없는 사람이었던 것일까. 네가 내 곁에 있을 때 소중한 줄 알았더라면 널 끝까지 붙잡아두었을까. 그러면 지금 나는 뭘 하고 있는 걸까. 익숙함에 내 마음이 말라가는 것 같던 그 심정은 다 가짜였나 봐. 오늘 밤은 왜 이렇게 길게만 느껴지는 걸까. 지금 너도 그럴까.

그만해야겠다

전혀 모르던 사이가 어떠한 관계로 발전하기 위해서는 서로가
서로를 알아가는 시간이 필요하다. 그러한 단계를 나는 연락
이라 생각했다. 서로를 알아가기 위한 필수적인 단계이며, 난
너와 그 단계를 밟고 있었다. 너와 특별한 사이가 되기를 간절
히 바랐다.

하지만 우리의 연락은 끊어질 수밖에 없었다. 나 혼자 안달이
나서는 너에게 온갖 호의를 퍼주는 일방적인 관계를 유지하는
것조차 행복했던 나이지만, 이제는 그만해야 했다. 아니 사실
은 진즉 그만했어야 했지. 혼자 부여잡은 썩은 동아줄은 언젠
가 반드시 끊어져 나를 나락으로 추락시킬 터이니.

사랑한다는 감정은 없어진 지 오래됐고

의무감으로 연락하는 걸 알면서도,

나만 인정해버리면 다 끝나는 걸 알면서도

'아닐 거야'라며 자신을 다독이는 짓은 그만하기로 했다.

의미 부여도 그만해야지. 나만 좋아하는 관계는 결국 파국에

다다를 테니.

출처

너도 누군가의 새벽의 출처니까
너무 아파하지 않았으면 좋겠다.

더 좋은 사람
더 좋은 사랑
더 좋은 날이 오겠지.

이젠 다른 사람 만나서

짧다면 짧고 길다면 길었던 너와의 연애가 끝나고 정말 죽을
만큼 힘들었어. 사실 좀 과장된 표현이지. 죽을 정도는 아니
지만, 그만큼 힘들었다는 말이야. 그렇게 일상적인 생활이 점
차 가능해졌을 때, 멀리서 네 소식이 우연히 들려왔을 때, 괜찮
다고 생각했던 마음은 와르르 무너졌어. 너와 헤어졌을 당시
엔 솔직히 너 아니면 안 될 줄 알았어. 너와 그동안 같이 이야
기 나눴던 미래, 하나하나 함께 맞췄던 너와의 커플 용품까지
물질적이든 감정적이든 아직 너에게 미련이 남아 있었던 걸까.
너를 온전히 지우기가 정말 많이 힘들었어.

하지만 시간이 어느 정도 지난 지금, 돌이켜 생각해보니 너를
마냥 못 잊어서 힘든 게 아니고, 요즘 들어 내가 많이 지치고
외로운가 봐. 그게 아니더라도 그렇게 믿으려고. 기댈 곳이 필

요해서 지금 네가 더욱 생각나는 거라고.

너는 가끔 새벽에 생각나는 사람으로 남는 게 맞는 거 같아.
지금 당장 외롭고 기댈 곳이 필요하다고 너한테 다시 돌아간
다면 똑같은 이유로 상처받고 나만 더 아파질 테니까.

마지막

즐겨 보던 드라마의 마지막 회를 보고 나면
마음이 공허하고 울적하고 슬프다.

TV 드라마 속 등장인물, 그들의 이야기를
앞으로 못 본다는 사실만으로도 이렇게 슬픈데

사랑하는 사람의 모습을, 그 사람과의 추억을
더 이상 이어가지 못한다는 현실을 마주했을 때

그 심정은 이루 말로 표현할 수 없지.

꿈

우리의 헤어짐을 실감했을 때,

'시간을 돌릴 수만 있다면' 생각했을 때,

그땐 이미 너무 늦어버렸다는 걸 깨달았다.

잠에서 깨어나 보니 모든 감정들이 꿈이었다.

내가 너를 사랑하고 있었던 시절마저도 모두.

거리

너와 함께 걸었던 거리를
아직도 추억하며 찾아오는
내가 너무 안쓰러워.

우리는 이미 다 끝난 사이인데 왜 미련하게
아직도 혹시나 마주치지 않을까,
하고 그 거리를 찾을까.
그때 그 추억을 회상해도 못 돌아갈 걸 알면서.

홀로 걷는 거리에서
그때의 우리를 마주칠 때엔
어찌할 바를 모르겠어.

이 거리에서 당신을 우연히라도 마주친다면
그때의 우리처럼 미소 지을 수 있을까.

아니면 함께 손을 잡고 걷던 이 거리에서
눈조차 맞추지 못한 채 지나쳐야 할까.

난 아직 우리가 손을 잡는 꿈을 꿔.
이 거리를 걸을 때엔
아직 난 당신의 손을 잡고 있어.

당신 없이 난 당신의 손을 잡곤 해.

눈물

왜 힘든 일은 한꺼번에 겹치는 걸까.

아직 감당하기엔 너무 버거운 마음뿐인데.

연애의 끝

말 한마디로 우리의 사랑은 시작됐고
말 한마디로 우리의 사랑은 끝났다.

눈을 보고 우리가 사랑인지 확신했고
눈을 보고 우리가 사랑인지 의심했다.

나보다 좋은 사람 없다 말했던 너.
너보다 좋은 사람 많다 말하는 너.

네가 사랑한 것들

네가 나한테 헤어지자고 말했던 날, 내가 너를 잡았더라면 내 마음이 조금이라도 나아졌을까. 참 미련하다. 예전이나 지금이나 네 마음 하나 지키지 못하고 등신같이 떠나보낸 거 같아서. 영화나 드라마에서처럼 비 오는 날 너희 집 앞에서 하루 종일 기다리면서 내 마음을 보여줬더라면 어땠을까. 넌 정말 마음이 여린 아이여서, 내가 힘들어하는 모습만 보면 금방 내 앞에선 울곤 했지. 또 넌 사실 나한테만 마음이 여린 아이여서 슬픈 영화를 봐도 절대 울지를 않았지. 돌이켜보니 넌 항상 지켜주고 싶은, 나한테만 약한 사람이었던 거 같아.

공연한 자존심을 내세우지 않는 너를 볼 때면 나도 내 전부를 덜어서라도 널 사랑하고 싶었으니까. 난 절대 액션영화를 보지 않았는데 너의 취향을 따라 나도 액션영화를 즐겨 찾게 되었고, 생과일주스를 유난히도 좋아했던 너라서 아메리카노만 마셨던 내 입맛도 생과일주스로 맞추어졌고, 비 오는 날이 좋다던 네 말 한마디에 어느 순간 나도 빗소리를 좋아하게 되었고, 그렇게 너란 사람에 물든 나는 지금 네가 사랑한 것들을 너무나도 사랑하고 있다. 네가 사랑한 모든 것들이 나한텐 상처로 가득한 잔상으로 남아서 마음 한구석이 아려와. 너를 사랑했던 기억들이 전부 추억으로 자리 잡아 내 마음을 오늘도 아프게 해.

가끔 네 생각이 차오를 땐 네가 사랑한 것들을 일부러 찾게 돼. 네가 가장 사랑한 건 정작 나였는데 말이야. 왜 그땐 그걸 몰랐을까.

옛사랑

당신 곁을 떠나간 옛사랑에
힘들어하지 않으면 좋겠다.
사랑으로 받은 상처가 있다면
더 좋은 사랑으로 치유하면 된다.

그런데 그 사람은 눈뜬장님인가,
이렇게 예쁘고 소중한 너를 놓치다니.

한때는 많이 힘들었겠지만
차라리 다 잘된 일이라고 생각했으면 한다.

너의 가치를 모르는 사람을 만나기엔
넌 너무 소중한 존재거든.

꽃길

지나간 사랑에 미련을 두지 마라.

앞으로 더 멋지고 예쁘고 근사한 사람과 함께할 테니.

바라건대 네가 가는 그 길은

항상 꽃길만 같아라.

다른 인연

널 잊기 위해 온갖 짓을 다 해봤다.

조언도 수없이 들어봤다.

그때마다 나온 해답들은 다 거기서 거기였다.

다른 인연을 만나라, 새로운 사랑을 시작해라,

너 말고 다른 사람과 함께하는 삶을 준비해라…….

혼자 수없이 생각해봤지만

나는 새로운 사랑을 시작할 순 없을 것 같다.

내 상처를 견디기 위해 누군가의 마음을 사고,

그 마음을 양분 삼아 내 마음을 아물게 하는

그런 짓은 결국 상대에게 상처가 될 것을 알기에.

그러느니 혼자 괴로움을 견디는 게 더 편하다.

상처 주는 것보다 받는 것이 편하다.

인연을 거듭할수록 그래서 더 아픔에 익숙해지는 것일까.

이것이 성장이라 믿고 싶다.

또다시 사랑하지 않겠다던
굳은 다짐도 언젠간 무너지기 마련이야

다들 그렇잖아.
외로울 때 누군가 네 마음을 흔들어놓으면 마음의 계산 같은
거 없이 아낌없이 사랑에 빠지잖아. 그래서 더 쉽게 상처받고,
쉽게 데이고 아파하다가 다시는 사랑 같은 거 안 한다고 다짐
하잖아.

그런데 그 다짐을 말한 순간이 무색해질 정도로 또다시 누군
가로 가슴이 채워지잖아. 다시 설렘이 찾아오는 그 순간만큼
은 너의 그 신념과 다짐도 손쉽게 무너지기 마련이겠지.

애써 다가오는 인연을 거부하려 하지 마.

다만, 너의 마음이 아닌 몸만 탐하는 쓰레기 같은 애들은 걸러 내고, 진정 네 앞에서 수줍은 모습으로 널 소중하게 대할 줄 아는 사람이라면 품에 안겨도 돼.

더 좋은 사랑을 만나서 너도 이제는 행복해야지.

후회

사람 잊는 게
사람 잃는 게
가장 힘들다.

온전히 그 사람의 빈자리를 채워줄
다른 누군가도 없는 거고.

있을 때 잘해라. 정말로.
뒤늦게 후회해도 소용없으니까.

미련

지나간 연인에 대한 미련이 많이 남아 있더라도
더 이상 아파하지 않았으면 좋겠다.

미련으로 다시 붙을 사랑이었으면
네가 아파할 시간이 오기 전에
상대방이 이미 당신을 붙잡았겠지.

애당초 딱 거기까지인 인연이다.
아니, 인연이란 말도 아깝다.
스쳐 지나가는 사람 때문에 그만 아파해라.

사랑 때문에 아파하기엔

네가 너무 소중한 존재이며

더 좋은 사랑이 분명 당신을 기다리고 있을 테니까.

통증

누군가를 죽을 만큼 사랑했다면 알겠지.

누군가를 잊는다는 건 사랑니의 통증과도 같아서
일상생활을 잘만 보내다가도
어느 순간 불시에 통증이 찾아오는 것.

그렇게 내 새벽을 흔들어놓고
마음을 들쑤셔놓고
시간이 지나면 다시 또 잠잠했다가
어느 순간 또 아파하는 것.

얽매이지 마

보란 듯이 네가 더 좋은 사람 만나서
잘 지내면 그걸로 된 거야.

더 이상 지나간 사랑에 얽매이지 말고
더 이상 신경 쓰지도 말고
미련하게 혼자 속앓이하지도 마.

오늘의 연애가 내 인생의 마지막 사랑이라고 생각될지라도
다시금 새로운 사랑이 찾아오기 마련이야.

지나간 시간에 대한 후회와 아쉬움으로 힘들어하기보단,
그 순간들을 모두 기억해서
나중에 더 좋은 사람과 함께할 때

더 큰 사랑으로 만들어갔으면 해.

사랑에게 받은 상처는 더 좋은 사랑으로
치유하고 채워가면 되는 거니까.

스쳐 지나간 사랑으로
새벽을 너무 아픔으로만
지새우지 않았으면 좋겠다는 마음으로 전한다.

이젠 누굴 만나는 게 쉽지가 않아

연애가 그렇지 뭐. 처음 만나기 시작했을 때만 해도 상대방의 연락 한 통에 내가 이렇게 행복해도 되나 싶을 정도로 벅차오르고. 서로의 마음을 확인하고 우리는 절대로 헤어질 일 없다고 확신하는 거지. 그렇게 평생을 사랑하자, 라는 달콤한 말을 주고받으며 각자의 미래가 아닌 우리의 미래를 그려보면서 말이야.

돌이켜 생각해보면 처음엔 사랑에 눈이 멀어 몰랐었나 봐, 네 마음에 유통기한이 있다는 것을. 마음뿐만 아니라 너의 말에도 유통기한이 있다는 것을. 시간이 지나면 지날수록 말투가 변해가는 너를 보고 있을 때면 무서웠어. 이러다가 내가 또 버림받으면 어쩌지, 라는 슬픈 생각이 들었어.

또다시 예전처럼 버림받기 두려워서,

더 이상 말로 상처받기 싫어서,

내가 먼저 헤어지자 말했어.

이젠 지난 아픔을 반복하기 싫어서

누굴 만나는 게 쉽지가 않아.

슬픈 인연

너에게 이렇게 젖을 줄 알았더라면

우산이라도 쓸걸.

체

입맛에 맞지 않는 음식을 억지로 삼키면
체할 수밖에 없다.

이별이란 생각을 머금고 추억을 먹으니
마음이 체할 수밖에.

홀로

네가 없으면 내가 너무 힘든 걸 아는데
최악의 상황에서 너에게 다가간다고 해서
지금보다 우리가 달라질 수 있을까 싶더라.

네 옆에서 꾸준히 함께하고 싶었던 건 사실이야.
옆에 있는 너의 그림자라도 밟는 게 정말 행복했으니까.

그렇게 그저 함께 있음에 행복을 느꼈던 나도
이제는 너무 지쳤나 보다.

그래서 내려놓게 된 거거든.

새벽 무렵

가슴 아픈 사랑으로 남겨진 사람을 가끔씩 떠올릴 때
그 시간은 항상 새벽 무렵이다.

여전히 너는 잘 살고 있더라.
나는 이렇게 괴롭고 처참히 무너져가는데
너는 잘 지내는 거 같아 보여서
복잡한 마음이 몰려와.

헤어진 후에도 네가 꼭 잘 살길 빌었는데
막상 너의 행복한 모습을 내 눈으로 보니
미움과 뒤섞여버린 배신감이 찾아와
잠을 청할 수도 없는 새벽을 보냈다.

지금 내 마음이 좋은 건지 슬픈 건지

괴로운 건지 모르겠지만

너도 조금이라도 내 생각을 해주면 좋겠다.

절대 네가 불행하길 바라지는 않지만 조금은,

아주 가끔은 내 생각도 해주길 바라.

그 시절

아침에 일어나서 눈을 뜨면
네가 나한테 장문의 메시지를 주었던 그 시절이 그립다.

졸린 눈을 비벼가며 너랑 통화하고
지금 자면 몇 시간밖에 잘 수 없다는 걸 알면서도
너한테 티 하나 안 내면서
너와 내가 하루 동안의 일들을 쉼 없이 떠들고
마지막에는 '사랑해, 잘 자'라는 말을 했던
그 시절이 그립다.

왜 행복했던 그 시절에는
이런 생각이 안 들었는지
지나고 돌이켜보니 항상 후회만 남더라.

후회해서 좋을 건 전혀 없지만
요즘 더 많이 아파지는 새벽 같다.

이 새벽의 아픔이
너로 인해 치유됐는데
너는 이미 내 눈에서 증발되고 말았는데
내가 할 수 있는 건 아무것도 없는 지금.

체감

우리는 어떤 문제로 멀어졌을까.
아니면 애당초 없던 문제였을까.

시간이 지나고
익숙함이 당연함으로 변해가고 있을 때
느낀 건 연락 문제였다.

최소한 어디를 가고
어떤 일을 하고
누구와 어디서 밥을 먹는지
그런 정도는 알려줄 수 있었을 텐데

그런 부분마저도 알고 싶은 게

죄가 됐다.

다가가고 싶고 더 알고 싶고
너의 일상이 궁금한 게
집착이 되어버린 시점에
이별이라는 단어가 나한테도
체감으로 다가왔다.

밤바람

시원한 밤바람이 그리워
너와 자주 걸었던 산책길을 걷고 있어.

가로등 불이 나갔다면서
네가 손가락으로 가리켰던 저 가로등도 잘 있네.
너와 같이 걷던 산책로는 모든 게 다 그대로인데
정작 내 마음은 왜 이렇게 망가졌을까.

한참을 걸어 땀이 제법 흐를 때쯤
밤바람이 머리칼을 스쳐 시원함을 느끼기도 전에
어디선가 익숙한 향기가 느껴지더라.

혹시 너인가, 너일까 고민하며 뒤돌아섰을 때

향기는 걷잡을 수 없이 더욱 진해지더라.

마음의 장례

사람은 이별을 겪으면서 더 성숙해지는 거라고 믿고 싶을 뿐이다. 처음엔 사람마다 연애에 대한 가치관이 다르다는 걸 몰랐는데 너와 헤어진 지금에야 비로소 조금은 알겠더라. 난 누군가를 사랑하면 상대방이 나의 전부라고 생각했다. 그래서 내 모든 일상을 너와 나누기 바빴고, 사랑하면 그런 것이 당연한 줄 알았다. 그런데 오히려 그런 내 모습이 너에게 독이 되었다는 걸 미처 깨닫지 못했다.

상대방이 모든 것을 줄 때 그것을 견고한 사랑으로 받아들이는 사람이 있는 반면에 어떤 사람은 그걸 힘들어하고 부담스러워하며 가끔은 혼자만의 시간을 필요로 한다는 걸 뒤늦게 알았다. 내가 전자라면, 너는 후자에 가까운 사람이었다는 것도 역시.

내가 너를 붙잡아도 네가 붙잡히지 않는다는 걸 알았을 때, 그래서 덜컥 이별의 문턱 앞에 놓였을 때 나는 뭘 어떻게 해야 할지 겁부터 났다. 네가 헤어지자고 운을 떼기도 전에 나는 이미 네 마음이 떠난 상태라는 걸 너무나 잘 알았으니까. 너는 내가 붙잡을 수조차 없도록 잔인한 말을 뱉으면서, 그것이 나에게 주는 마지막 배려라고 했다. 처음엔 모질게 대하는 네가 너무 원망스러웠지만 지금은 왜 그것이 마지막 배려였는지 조금씩 이해가 된다. 네가 괜한 동정심에 어중간하게 말했다면 네가 다시 돌아올 거란 희망 고문에 난 끔찍한 하루하루를 보냈겠지. 너는 내가 그럴 거라는 걸 너무나 잘 알고 있었을 테니까. 네가 나를 더 이상 사랑하지 않고, 나를 볼 때 연인이 아닌 친한 친구를 만나는 것처럼 느껴진다면, 내가 사랑하는 너에게 마지막으로 해줄 수 있는 배려는 너를 놓아주는 것밖에 없는 것 같다.

준비도 안 된 채 사랑하는 사람을 한순간에 잃는다는 건 내 전부를 잃는 거나 다름없기에. 누군가 나에게 내 삶의 이유를 묻는다면 너였다고 서슴없이 말할 수 있기에. 그런 네가 내 안에서 죽어버렸기에. 나는 오늘, 내일, 모레, 글피…… 오래도록 마음의 장례가 필요할 거 같다.
언젠간 너의 잔상이 지워지길 바라면서.

마음의 교집합

사랑을 할 땐
교집합처럼 사랑해야겠더라.

서로 다른 두 사람이 만나
모든 면이 일치하기란 어려운 일이다.
함께하기 전에 이미 각자의 생활이 있었으니까.

사랑한다는 사실은 같지만
마음의 크기는 서로 다를 수밖에 없다.
온전히 하나의 원으로 포개지기엔
마음이 더 큰 사람이 느끼는
빈 공간이 너무나 크다.
그래서 난 늘 상대를 원망하기만 했다.

두 사람의 마음이 만나 겹쳐지는

교집합만큼만 사랑한다 하더라도

결국 그 마음의 원은 서로 이어진 거라는 사실을

그때는 왜 미처 몰랐을까.

한결같은 사랑

한결같이 사랑한다 해도
그 사랑이 반드시 영원한 건 아니더라.
내가 아무리 한결같이 잘해줘도
상대방이 내 모습에 질릴 수도 있는 거고,
변하지 않는 내 모습이 오히려 상대방에게
한결같이 상처를 줄 수도 있다.

'한결같은 사랑'이 한쪽의 일방적인 생각일 때
이별은 찾아오기 마련이다.

헤어졌어

서로가 최선을 다하며 사랑했던 거, 내가 알고 있듯 너도 알 거라 믿어. 너는 나한테 각자 생각할 시간을 갖자고 말했지만, 그건 네 생각을 정리할 시간이 아닌 내 마음을 정리할 시간이었어. 이미 답이 정해졌기에 형식적인 시간은 차마 필요 없다고 느껴지더라.

누구의 마음이 먼저 식었든 괜찮아, 상관없어. 한쪽의 마음이 식기까지 상대방도 그걸 방관한 죄가 있으니 네 탓도 내 탓도 아니야. 넌 자꾸 미안하다면서 네가 나쁜 사람이라고 말하는데, 그럴 필요는 없어. 진정 나쁜 사람이라면 자신이 나쁘다는 생각도 하지 못해서 죄책감조차 못 느낄 테니까. 괜찮아. 네 마음 충분히 알아. 고생했다, 우리 둘 다. 아직은 너한테 좋은 사람 만나라는 마음에도 없는 소리는 못 하겠다. 그냥 아프지만 마.

이렇게 덤덤하게 말해도 어떡하냐.

괜찮은 줄만 알았는데 밤이 되고 눈 감으면

아직도 네가 눈에 선하기만 한데.

만남보다 쉬운 이별

난 감히 아름다운 이별은 없다고 확신한다. 연애를 하는 동안 상대방이 받은 상처는 미처 헤아리지도 못하면서, 서로 자신이 피해자라고 생각하기 마련이니까. 이별은 언제나 잔인하고 상처투성이인 기억으로 남는다.

이별은 대개 두 가지로 나뉘는 것 같다. 서로가 서로에게 최선을 다해 모든 걸 쏟아냈기에 미련마저도 없는 속이 후련한 이별과, 지난날을 되돌아보며 '다시 만나면 더 잘할 수 있을 텐데'라고 후회하는 이별. 만약 당신의 이별이 후자라면 당신이 아프면 아플수록 조금 더 성장한다고 생각하며 하루를 버티길 바란다. 이 과정이 어른이 되어가는 과정이라면 겸허히 받아들이는 게 당신을 위한 일이다.

언제나 만남보다 이별이 더 쉬운 게 사랑이니까.

그렇다고 사랑과 이별 때문에

당신이 무너지면 안 되는 거니까.

예의

이별도 예의다.

어떠한 이유를 막론하고
말 한마디도 내뱉지 않은 채
사람을 떠난다는 건
상대방에게 크나큰 아픔을
전해주는 일이나 다름없지.

자신의 감정이 중요한 만큼
이별이 다가왔을 땐 상대방에게도
예의가 필요하다.

정말 안타까운 건

연애는 두 사람이 동의해야 시작되지만,

이별은 한 사람이 일방적으로 통보를 해야 하니,

마음을 꾹꾹 눌러 담은 통보는 그만큼 중요하다.

네가 왜 날 떠나갔는지

영문도 모른다는 사실이 더 큰 화를 불러일으킨다.

예의 없는 이별은

원망을 불러오기 충분하거든.

겁

어떠한 연애를 하는지가 참 중요한 게, 누굴 만나느냐에 따라 당신의 가치관은 물론 당신의 삶이 조금씩 변해가기 때문이다. 아무래도 연인 사이는 상대방에게 받는 영향이 크기 때문에 만약 당신이 상처를 받고 이별을 했다면, '다음 연애도 똑같이 상처로 남으면 어쩌지?'라며 만남을 시작하기도 전에 사랑에 겁을 먹는다.

제일 미련한 짓이 전에 만났던 누군가와 앞으로 새로 만날 사람을 비교하는 것이다. 둘은 애당초 다른 사람이며 살아온 환경, 취향, 성격, 말투, 모든 것이 다른 사람이다. 지금 앞에 있는 사람을 겁내지 말고 있는 그대로 받아들여라.

사랑에게 받은 상처는 사랑으로 치유해야만 한다. 당신의 지

난 과거는 반드시 좋은 사람이 좋은 기억으로 다시금 따뜻하
게 채워줄 테니 마음을 열어두고 너무 걱정하지 마라.

세상은 넓고 당신을 온전히 사랑해줄
좋은 사람 또한 많으니까.

그리움

힘겨웠던 하루 끝에

잠깐 숨 한번 고르니

네 생각이 밀물처럼 밀려와

오늘도 조용히 내 바다는 잠긴다.

네가 아파했던 사랑도 다 괜찮다

당신의 입에서 "앞으로 사랑 같은 건 하기 싫다"라는 말을 들을 때면 가슴이 한없이 무너져 내린다. 한때는 미래를 그려보며 사랑을 논했던 사람과 남보다도 못한 사이가 되었고, 그 사람과 함께 공유했던 소중한 추억이 아픈 상처로 다가와, 두 번 다시는 이런 아픔을 반복하기 싫어서 누굴 만나는 것이 겁이 난다 하더라도 괜찮다고 말해주고 싶다.

당신이 누구를 만나서 어떠한 사랑을 겪었고 어떠한 이별을 맞이했는지는 중요하지 않다. 한 가지 전해주고 싶은 말은, 언젠간 당신에게도 새로운 사랑이 찾아온다는 것과 사랑에 대한 아픈 기억이 있더라도 그 아픔은 또다시 누군가를 통해 나도 모르게 치유된다는 것. 그러니 너무 조급하게 마음먹지도 말고 사랑을 부정하지도 말고 속상해하지 않았으면 좋겠다.

우리가 무릎이 까져서 피가 나거나 상처를 입게 되면 당장은 쓰라리지만 어느 순간 나도 모르게 상처가 치유되어 새살이 돋아난다.

너무 아파하지 마라.
시간이 지나 물 흐르듯 상처가 치유되듯,
당신에게 온전히 스며드는 사랑은
아직 오지 않은 것뿐이니.

시간

처음에 서로 좋아서 어쩔 줄 몰라 했으면서

왜 싸울까.

사랑하기에도 아까운 시간인데.

넌 울지도 슬퍼하지도 마

넌 너를 사랑하지도 않니.
언제까지 그렇게 우울해하며
너를 얼마나 바닥까지 내려놓으려 그래.
그만 슬퍼하고 그만 아파해.

넌 슬퍼할 자격 없어.
행복할 자격만 있지.

연애상담

어떤 사랑이든 갑자기 마음이 식는 일은 없다. 당신이 느끼기에 갑작스러운 이별 통보일지라도 상대방은 혼자 충분히 마음을 정리한 이후에 이야기를 꺼낸 것이다. 당신 앞에선 사랑한다 말하면서도 속으론 끝을 생각하며 당신과의 만남을 이어가고 있던 것이다.

당신에게 배신감과 상처만 안겨준 그런 사람 때문에 힘들어하고, '내가 더 잘하면 좀 달라질까?'라는 착각에 후회와 미련으로 뒤섞여버린 망상을 지속하면서 속상해하는 건 정말 미친 짓이다. 나 자신을 사랑한다면 그런 아슬아슬한 관계는 빨리 놓았으면 한다. 나를 먼저 떠나간 사랑은 뒤도 돌아볼 필요 없고, 그 빈자리는 다시금 더 좋은 사랑으로 채워지기 마련이니까.

사랑에 상처받았다면

연애를 하며 상처받는다면 차라리 혼자 지내는 편이 나아.

좋은 사람과 연애하지 않을 바엔 차라리 혼자로 지내는 편이 낫다고 말해주고 싶어. 너를 온전히 품을 사랑이 아니라면 결국 너만 상처받고 끝나는 관계겠지. 예를 들어 연락 문제로 다툼이 잦아진다거나, 너에게 폭언을 일삼는다거나, 이성관계가 잘 정리되지 않는다거나, 너를 외롭게 한다거나 말이야. 가장 중요한 건 네가 사랑받는다는 느낌이 들지 않는 연애라면 시작조차 하지 않는 편이 낫다고 봐.

너는 매 순간 사랑받기에도 부족한 사람인데,
그 순간순간마저 너를 사랑해줄 줄 아는 사람을 만나야지.

사랑에도 다 때가 있는 법이야. 외롭다며 애써 누굴 찾기보단, 스스로 외로움을 극복하고 그 과정 속에서 터득한 좋은 가치관과 마음의 여유를 갖춰놓아야 비로소 좋은 연인을 맞이할 테니 말이야.

미련한 말

항상 말은 하고 나면 후회를 하지.

책임질 수 없는 말을 한다든가.
괜히 마음에도 없는 말을 뱉는다든가.

이미 지나고 나면 돌이킬 수도 없는데
다음부턴 그러지 말아야지 생각을 하고선

참 미련하게도
계속 반복되는 굴레.

스치는 인연

스치는 인연에 흔들리지 마.

당신이 뭐가 아쉬워서.

당신이 뭐가 부족해서.

충분히 매일매일 어여쁜 당신인데.

다 과정이니까 괜찮아

이미 지나간 것이라면 더 이상 미련은 사치다.
슬퍼하지도 말고 자책하지도 말고 아파하지도 마라.
세상에 넘어지지 않는 사람은 없다.

조금 늦어도 괜찮다.
기회는 다시 찾아오기 마련이고
지금 당장은 힘들 수도 있지만
어떤 바람이 불어와도 쉽게 흔들리지 않는
단단한 사람이 되어가는 과정일 뿐이니까.

마음의 갑과 을

나만 최선을 다해 관계를 이어나가려고 할 때,
상대방은 나만큼 관계를
소중하게 생각하지 않다는 걸 느꼈을 때.
그만큼 공허하고 비참한 일은 없다.

그 관계의 끈을 이어갈지 끊을지는
결국 당신의 선택이다.

그러나 연인 사이에선 어느 한쪽으로
중심이 기울어지는 일은 없어야 한다.

사람 마음은 시소와도 같다.
한쪽의 마음이 너무 커지게 되면

감수할 부분이 많은 쪽이 쳐다보게 되는 거고,

미련 없는 쪽의 마음은

나를 가볍게 생각해 내려다보기 마련이니까.

누군가의 호의에 마음을
쉽게 열지 마라

당장의 외로움을 해결하고 싶어서, 혹은 누군가의 호의에 쉽게 마음이 열려서 아직 제대로 알지 못하는 사람에게 덜컥 마음을 주지 말란 말이다. 먼저 마음을 연 쪽이 상처가 더 큰 법. 서로가 서로에게 확신이 있는 상태에서 마음을 여는 건 상관없지만, 혼자만 마냥 사랑에 빠진 단계라면 얼른 꿈에서 깨어나라고 하고 싶다. 잠에서 깨어나지 않으면 결국 상처받는 건 온전히 너의 몫이니까.

외로움이 진정 커져서 가장 목마른 순간, 온전히 그 갈증을 해결해줄 수 있는 사람과 연을 맺어라. 사막의 단비가 귀하듯. 갈증이 났을 때 탄산음료보다 물에 더 갈급하듯. 그렇게 서로가 서로를 원하고 귀하게 여기고 너 없으면 안 되겠다는 사람과 사랑을 하라. 더 이상 이 사람 저 사람에게 상처받고 치이며 아파하지 말고 진정한 사랑이란 걸 느꼈으면 좋겠다.

보고 싶다

요 근래 더욱더 미칠 만큼 보고 싶다.
연애를 하는 내내 너무 힘들었고
헤어지잔 말을 수백 번 수천 번 뱉어왔지만
막상 현실로 다가오니 다르다.

시간이 약이라지만 그 시간을 견디는 게
이만큼 괴로운 일인 걸 왜 그땐 몰랐는지.

진즉 끝나야 할 인연이었다는 걸 알면서도
홀로 부여잡고 있었음을 깨달았기에
먼저 연락을 끊었지만, 내가 먼저 다가가지 않으면
절대 다시 이 인연은 이어질 일이 없겠지.

그러니 참자.

보고 싶어도 아파도 간절해도 그리워도.

괴로움을 참으면 행복해지겠지.

행복은 늘 고통 위에 쌓여왔으니.

지금 당신이 외롭다면

연애를 시작하면 언제나 당신 편을 들어줄 사람이 생긴다는 든든함과 일상을 함께 공유할 수 있다는 편안함이 있지만 그렇다고 조급하게 아무나 만나려고 할 필요는 없다. 조금 늦더라도 천천히 서로를 알아가며 당신의 있는 그대로를 사랑하고 온전히 받아줄 사람을 만나는 것이 가장 좋으니까.

매 순간 설레는 연애도 좋지만 언제나 당신 곁에 머물러줄 편안한 사랑을 하는 것이 더 좋다.

설렘이 공존하지만 상대방의 마음의 크기를 재며 조바심으로 관계를 이어가는 연애보단, 온전히 서로가 우선인 사람과 하루의 시작과 끝 무렵을 한결같이 함께하는 연애가 당신에게 필요하다.

정서적으로 안정감을 가져다주는 연애는 힘들 때 언제나 기댈 수 있다는 믿음과 의지할 수 있다는 확신을 주며, 당신의 마음을 더 보듬을 수도 단단하게 할 수도 있다. 그리고 무엇보다 당신의 외로움을 채워주며 더 이상 불안함을 느끼지 않도록 할 테니.

그런 사랑이 매 순간 외로움을 느끼는 우리에게 현실적으로 필요한 사랑이다. 이 시대에 가장 적절한 최고의 연애, 최고의 사랑 같다.

너도 이제 좋은 사람 만나야지

쓰레기 같은 새끼들이 사랑이라고 포장하며 다가와, 네가 받았던 과거의 상처들을 더 들쑤셔 아프게 만든 건 아닌지.

결국 그 상처가 더 깊어져 네 머릿속이 다시는 누군가를 만나고 싶지 않다는 생각으로 가득 찬 건 아닌지.

조금이라도 위로를 건네서 네 상처를 덧나지 않게 할 수만 있다면 내가 무슨 말을 못 할까.

스쳐 지나간 사랑 때문에 힘들어하지 마. 아파하지도 말고. 언제까지나 아파할 순 없잖아. 다시 누군가를 만나기 전에 너 자신을 더 사랑하며 그동안 하지 못했던 일들에 몰두하며 살아봐. 그 과정 속에서 너는 보다 더 괜찮은 사람이 될 테니.

좋은 사람 곁엔 반드시

좋은 사람이 함께하는 법이야.

너는 지금도 충분히 좋은 사람인 거

너도 알잖아.

네 새벽을 들쑤셔놓은 사람들만 모를 뿐이지.

상처가 많은 당신에게
전해주고 싶은 마음들

바쁜 일상 속에서도 한 가지 확실한 건,
당신은 오늘을 살아가기에 부족함 없는 사람이라는 것.

괜찮다, 괜찮아,
정말로 괜찮아

밤만 되면 고민이 정말 많아진다. 그렇지만 너무 많은 걱정을 혼자 짊어지려 할 필요는 없다. 당신을 힘들게 하는 고민들, 걱정들. 너무 파고들며 속상해하지 않아도 된다는 말이다. 걱정한다고 지금 눈앞의 현실이 당장 바뀌는 것도 아니고. 달라지는 건 없으니까. 당신 스스로 마음을 편하게 갖는 게 가장 중요하다. 누가 옆에서 뭐라고 해도 전혀 개의치 말기를.

발 디딜 틈 없는 내일의 걱정에 사로잡혀 간혹 뜬눈으로 밤을 지새울 수도 있고, 뒤척이다 어느 순간 잠들 수도 있다. 그래도 감정에 휩싸여서 자신을 놓아버리지 않았으면 좋겠다.

자고 일어나면 다 괜찮아졌으면 좋겠다. 우리 내일은 정말 행복하자. 행복한 일만 가득하자. 누가 뭐라고 해도 너무 기죽지도 말자. 지금도 우리는 충분히 잘하고 있으니까. 좋은 생각만 하자. 내일이 정말로 다 좋아질 수 있도록. 조금이나마 당신의 잠자리가 편안했으면 하는 마음으로 전하는 말이니까. 마음 편하게 가졌으면.

당신을 위한 바람

이보다 더한 꿈이 있을까.

사랑하는 가족이 지금처럼,
또는 보다 더 행복하게 살았으면 좋겠고,
지금 당신 곁에 사랑하는 사람이 있다면
그 사람과 영원하였으면.

만약 사랑하는 사람이 곁에 없다 하더라도 언젠가
당신이 꼭 좋은 사람과 함께하는 매일을 선물 받기를.
그 사람이 당신의 빈자리를 늘 채워주면서 말이야.

짝사랑

짝사랑하다 혼자 지쳐 힘들어하지 말고
그냥 까짓거 고백하는 편이 낫다.

어차피 그런 관계는
고 아니면 백이니까.

혼자 하는 사랑으로 인해
더 이상 당신이 상처받지 않았으면 한다.

늘 가슴 졸이며 애타게 기다리는 것보다
속 시원하게 짚고 넘어가는 편이 더 니으니까.

마음을 열기 전

상대방에게 말을 하면 할수록,
내 마음을 열어주면 줄수록.
약점만 더욱 생기더라.

인간관계는 어린아이 다루듯
항상 조심해야 하는 부분인 것을.

고맙고 소중한 관계

마음의 상처를 나눌 수 있는 친구가 있고
힘들 때 나를 진심으로 격려해줄 친구가 있고
또 진심으로 걱정하며 가끔은 정신 차리도록
쓴 말도 뱉어내는 친구가 있다는 건
너무나도 고맙고 소중한 일이다.

우린 그 당연한 사실을
미처 깨닫지 못한 채 살아가고 있다.

내 곁을 지켜준 사람

힘들 때 내 곁을 함께하고 지켜준 사람을 기억하는 편이 좋다. 어떤 상황이 와도 언제나 당신 편이 되어줄 사람들일 테니 말이다. 인생을 살다 보면 필요할 때만 찾는 사람과 친절을 베풀어도 고마움조차 모르는 사람들투성이다. 그런 사람들과는 연을 끊는 편이 낫다.

그런 이들은 당신이 힘들 때, 당신 곁에 아무것도 남아 있지 않을 때 자연스레 멀어져 결국 당신 곁에 남아 있지도 않을 사람일 테니 말이다.

소중한 당신에게

혹시 지금 당신이 외지에서 길을 잃은 어린아이처럼
이 밤을 헤매고 있는 건 아닌지 걱정이 된다.

누구한테 뭐라도 털어놓고 싶은데
나만 힘든 게 아닌 걸 아니까
또 모든 것을 이야기하기도 좀 그렇고 그래서
혼자 견뎌보려 하는 건 아닌가, 마음이 아프다.

당신의 고민 또한 당신의 삶의 일부이기 때문에
아무도 당신을 완벽하게 이해해줄 순 없겠지만
나는 그냥 그 자체로 당신을 믿는다고 말하고 싶다.

정말로 잘하고 있다고 전해주고 싶다.

이렇게 힘든 이 시간도 이겨내고
다시 씩씩하게 살아갈 당신이니까.

당신은 소중한 사람인 걸
잊지 않았으면 좋겠다.

당신은 지금도 충분히 아름답고
앞으로도 더 아름다워질 날만 남았다.

좋은 향

낯간지럽지만 소중한 사람에게
"보고 싶다"라고 표현하는 것도
관계를 보다 더 돈독하게 하는 방법이다.

아무리 좋은 향이라도
자주 맡으면 향에 익숙해져
좋은 향인지 모를 때가 있기 마련이니까.

익숙함에 무뎌져
곁에 있는 소중한 사람을
놓치는 일은 없었으면.

아까운 시간

서로 오해가 있어서 풀려고 다가갔는데

자기 잘못은 모르는 체하고 도리어 따지듯이

나한테만 책임이 있다고 말하는 사람은 상대하지 말길.

말할 가치도 없고 내 시간만 아깝다.

기다림

오지도 않을 연락을 기다린다는 것.
그것만큼 미련하고 잔인한 일도 없다.

당신에게 마음이 있다면 진작 연락했겠지.
몇 시간 텀을 두고 오는 연락은
당신에 대한 배려가 없는 거라고 말해주고 싶다.

얼굴 보고 사랑을 확인한 연인 사이가 아닌,
흔히 말하는 썸이나 서로의 마음을 탐색하는 관계라면
연락 시간의 텀과 마음의 상관관계는 무시할 수 없으니까.

결국 혼자 상처만 받기 전에 차라리 먼저 연락을 끊어라.

다만, 그래도 그 사람이 좋고

먼저 연락을 끊어서 후회할 것 같다면,

후회 없이 부딪혀서 내 사람으로 만들고.

말

항상 말을 조심해야 한다. 당신이 아무리 믿는 사람일지라도 누군가를 험담하는 말은 털어놓는 순간 퍼질 수밖에 없다. 그 험담이라는 화살이 당신에게 돌아온다면 상처가 될 테니. 귀는 최대한 열고 말은 최대한 아끼며 인간관계를 유지했으면 한다. 인생을 살다 보면 마음에 들지 않는 사람들이 정말 많은 거, 나도 잘 알지만 그런 사람들을 험담하기 위해 당신의 입을 더럽힐 필요는 없으니까.

당신이 그렇게 말하지 않아도 이미 알 사람은 다 안다.
당신에게 상처를 남기는 그 사람이
딱하고 불쌍한 사람이란 것을.

지금 네 곁에 사랑하는
사람이 없어도 속상해하지 마

매일같이 주변 사람들에게 "요새 외로운데 소개 좀 받아볼까?"
라고 말하는 사람들의 공통점은 평소에도 외로움을 많이 탄다
는 것이다.

하지만 그 외로움을 진정한 사랑이 아닌, 금방 식어버리기 마
련인 쉬운 사랑으로 지우려 한다면 애당초 시작하지 않는 편
이 더 낫다.

침대 위에서만 즐기는 사랑에 갈급한 사람이 아닌, 진심으로
당신을 온전히 좋아하고 당신과 데이트를 하기 전 이곳저곳
분위기 있는 카페나 맛집을 찾아보는 사람, 당신과 함께하는
순간순간을 소중하게 생각하는 그런 사람과 연애했으면 한다.

더 이상 쓰레기 같은 사람 만나면서 '내 연애는 왜 이럴까'라며

상처받지 않았으면 하는 바람으로.

아무나 만나기엔 우린 너무 소중하고 유일한 존재니까.

자존감을 항상 지키되,
처절하게는 살지 마라

세상 살다 보면 자존심 상하는 일이 많지만, 당신 자존심까지 팔아가면서 자존감을 저버리는 일은 없었으면 좋겠다. 당신에게 상처로 와닿은 말은 한 귀로 듣고 한 귀로 흘려버려라. 상대방이 무심코 던진 말 한마디에 무너져버린다면 세상 살아가기 어렵다. 세상은 넓고 사회엔 정말 이상한 사람들이 많다. 당신에게 도움 되지 않는 말들에 하나하나 의미를 부여한다면, 결국 마음 아픈 사람은 당신이니까.

말은 아끼면 아낄수록 좋더라. 무심코 던진 말이 자신을 향하는 화살이 되어 나중에 수습하기 힘든 사태까지 올 수도 있으니까. 책임질 수 있는 말만 뱉어라. 자존감을 지킨다는 말이 참, 말은 쉽다고 생각할 수도 있지만 결국 당신 자신을 사랑한다면 어렵지 않다. 세상을 둘러보면 모두가 각자 자신만의 이유로 오늘을 살아가기도 바쁘다. 그 바쁜 일상 속에서도 한 가지 확실한 건, 당신은 오늘을 살아가기에 부족함 없는 사람이라는 것이다.

마음이 병든 사람들 틈 속에서 오늘도 수고했다. 상처를 남긴 사람은 더 이상 신경 쓰지 말고 당신 자신만 생각하라. 당신은 지금도 충분히 최선을 다하며 잘하고 있다는 것을 잘 알기에.

약속

누군가와 약속을 했으면 반드시 지켰으면 한다.
행복할 때 약속은 한 번 더 생각했으면 좋겠다.

불가피한 사정으로 약속을 지키지 못했을 땐
충분한 설명과 함께 진심으로 미안하다고 말을 전해야 한다.

상대방에게 충분한 설명 없이 흐지부지 넘어가는 일이 쌓이면
점차 관계가 악화될 테니까.

비참함

비참해지는 순간 끝난 거야.

친구 사이든

짝사랑이든

연인관계든.

세상을 삐뚤게만 바라보는
사람들의 속마음은 어떨까

사사건건 트집을 잡고
불평을 입에 달고 다니는 사람들은
과연 어떤 태도로 세상을 살아갈까.

남을 대하듯이 자기 자신한테도
"너 왜 그렇게 살아?"
"왜 그렇게 못생겼어?"
"네 잘못이 무엇인지 알기는 해?"
라며 상처 주는 말을 퍼부을까?

남을 깎아내리고 자신을 돌보여 올라간 자리는
언젠간 무너지기 마련이다.
내가 쉽게 뱉은 말 한마디가

다른 사람에겐 큰 상처가 될 수 있다.

항상 겸손하고
상대방에게 상처 주는 말을
하지 말아야 하는 이유.

당신을 사랑합니다

낯부끄러울 수도 있지만 오늘이 가기 전
사랑하는 사람한테 마음을 표현했으면 하는 바람이다.

내 곁을 떠난 후 사랑한다 말하고 싶어도
말하지 못하면 가슴은 무너져 내리니까.

너의 길

남들이 하는 말과 시선을
더 이상 두려워하지도 말고
신경 쓰지도 않았으면 한다.

주변에서 아무리 무슨 말을 해도
상관없이 자신만의 길을
묵묵히 걸어갔으면 좋겠다.

거품으로 가득 찬
진심 없는 조언을 듣고
당신이 걸어가고자 했던 길을
쉽게 포기하려 하지 말았으면.

당신을 믿으며
언제나 당신을 응원하는 사람들이
더 많다는 것을 알려주고 싶다.
내가 그렇듯이.

너는 모르지

너는 모르지, 네가 얼마나 예쁜지.

왜 남하고 비교하면서
스스로 자존감을 낮추는지 모르겠다.

충분히 멋있고 잘났고 예쁜데
너만 그걸 모르다니.

미소

우리 조금이라도 웃자.

이런 말도 있잖아.

웃으면 복이 온다는 그런 말.

너의 복은 행복이었으면 좋겠다.

누군가와 썸 타고 연락을 할 때,
왜 실패하고 상처받고 아픈지 알아?

네가 그 사람한테 아쉬움을 느끼는 순간 끝이야. 매달릴수록
매력은 더 떨어지는 법이거든. 상대방이 나를 찾게끔 행동해.
사랑하는 사이가 아니라면 마음과 마음을 주고받을 땐 갑과
을이 생긴다. 그게 연인으로 발전하기 전 사이라면 더더욱 그
렇다. 그러니 '이 사람이 아니면 난 안 돼'라는 생각보단 조금
의 여유를 갖고 연락해.

원래 잃을 게 없는 사람이 상처를 덜 받고
아쉬운 사람이 가장 상처받기 마련이니까.

사는 이유

항상 옳지 않아도 된다.

남을 위해 사는 게 아니니까.

언제나 기억해야 돼.

나를 위해 사는 게 정답이란 걸.

단 한 사람이라도 좋으니

너무 쉽게 잘해주지 말고
너무 쉽게 마음 열어주지 마.

마음이란 게
열면 열수록
상대방에게 서운함도 늘어나
자신만 힘들어지는 법이니.

잘해주면 잘해줄수록
그게 당연한 줄 알고
고마움도 모르는 사람들투성이니까.

새로운 관계를 만들어가는 것도 좋지만

지금 곁에 있는 소중한 인연들과

더 돈독한 사이로 발전하였으면.

단 한 사람이라도 좋으니

당신의 모습을 온전히 이해해주고

힘들 때 격려해주는 사람과 함께하기를.

오지랖

소리 내고 싶은 말을 다 뱉어내면 그게 동물이지 사람이냐. 남의 삶에 관심이 많은 건 그러려니 하겠다만 대신 인생 살아줄 것도 아니면서 같잖은 조언 따위는 벽이나 보고 했으면 한다. 그건 가장 쓸데없고 속이 텅텅 비어 있는 오지랖이다. 거울 좀 보고 와라. 너의 외면이 보이는 거울이 아닌 마음의 거울 말이다.

넌 뭐가 그리 잘났기에 남에게 이래라저래라 말할 수 있나. 과연 네가 그렇게 말할 수 있는 사람인지 생각해보라. 과연 너의 인생은 얼마나 아름다운 문장이길래 고상한 척하며 남의 인생을 신경 쓰는가. 나도 안다. 세상에 억눌린 마음을 남에게 상처 주며 만족하는 가엾은 너를.

왜 당신만 아파해

당신을 초라하게 만드는 사람과의 연에 구태여 목맬 필요 없다. 그런 관계라면 차라리 끊는 게 맞으니까. 당신이 뭐가 아쉬워서 뭐가 부족해서 그런 사람들과의 관계를 지켜나가려 하는 건지. 다른 누군가에게 당신은 정말로 필요한 사람이고 좋은 사람일 텐데. 굳이 상처를 감당하며 관계를 이어나가려 하지 않았으면 한다. 나 좋다는 사람과 함께하기도 부족한 시간이니까.

자신에게 소중한 사람들과 함께하는 관계의 시간을 늘려가.
아무런 의미 없고 언제 끝날지 모르는
위태로운 관계에 시간 뺏기지 말고.

배려

가깝고 소중한 사람일수록
더 많이 조심하고 배려해야 되는데
그러지 못해서 미안한 밤이야.

그래도 고마워.
항상 곁에 있어줘서.

감수성

드라마 마지막 화를 보거나
슬픈 영화가 끝나면 눈물을 흘렸고

네가 내 곁을 떠난다는 상상만으로도
심장이 멎는 줄 알았다.

이렇게 감수성이 예민한 나이기에
너에게 마음을 잘 표현할 수 있을 줄 알았는데

정작 고개를 숙이고 힘들어하는 너를 보니
그냥 말없이 너를 한 번 꽉 안아줄 수밖에 없더라.

거절의 필요성

자기만 생각하는 이기심으로 찌든 세상을 살아가야 하기에
우리는 부탁을 거절할 줄 알아야 한다.

나 자신을 곤란하게 만드는 부탁인 걸 알면서도
거절하지 못하는 것은 착해서가 아니다.

나를 위해 거절할 줄 알아야 하고
나를 위해 때로는 이기적인 모습도 필요하다.

세상이 호락호락하지 않으니,
나도 호락호락하지 않아야 한다.

거절을 잘하는 게 중요한 세상이니까.

외로움과 즐거움

요즘 우리는 참 외롭게 살아가고 있습니다. 외로울수록 고요한 정적이 가까운 벗처럼 느껴질 때가 있지 않나요? 상황에 따라 다르겠지만 여러 사람과 술잔을 기울일 때보다 가장 친한 벗과 차 한잔을 기울일 때 우리의 마음은 더 편안해지기 마련이니까요.

외로움은 참 예고 없이 찾아옵니다. 당신은 오늘 새벽 문득 외로움을 느낄 수도 있습니다. 이런 말이 있죠. "즐길 줄 아는 자가 마지막에 웃는다." 외로움을 즐겨주세요. 외로움을 달래보려고 애꿎은 전화번호를 뒤지며 영양가 없는 관계를 만드는건 추천하지 않습니다.

외로운 순간은 바꿔 말하면 혼자만의 시간이기도 합니다. 자신을 위한 시간이라며 귀하게 여긴다면 얼마나 값지게 쓸 수 있을까요.

삶의 낮잠

너무 바쁘게만 살아가면
쉬어야 할 타이밍도 모르고 지나치기 마련이다.
가끔은 휴식도 필요하다.

몸이 너무 노곤해
낮잠을 자고 일어났을 뿐인데
몸 상태가 뜻밖에 개운해지는 것처럼
삶에도 낮잠이 필요하다.

'남들은 낮잠은커녕 악착같이 살아가는데
나만 뒤처지는 거 아닌가?'
라는 생각이 들 수도 있겠지만
충분한 휴식기를 갖고 일에 임할 때

효율이 더 높다고 하니

전혀 그렇게 생각할 필요 없다.

지금 당신은 삶의 낮잠을 자는 중이기에

당신의 내일은 더욱 아름다울 것이다.

슬퍼하자

그냥 슬플 땐 슬퍼하자.
계속 참고 쌓아두기만 하면
더 상처받고 아파하는 사람은
결국 자기 자신이니까.

난 당신이 무엇 때문에
힘들어하는지 잘 모르지만,
가슴이 아플 정도로
많이 지쳐 있다는 것은 안다.

더 이상 슬픔의 후유증에
시달리는 일이 없었으면 좋겠다.

오늘 밤은 상처, 아픔, 미련
모두 다 털어냈으면 한다.

내일은 당신의 공허한 마음을 채워줄
보다 좋은 하루가 될 테니.

네가 아무리 화가 나도

네가 아무리 화가 나도
네 기분대로 행동하면 안 된다.
결국 지나고 돌이켜보면
언제나 참는 사람이 이기는 법이니까.

막상 화가 났을 때,
상대방을 죽이고 싶은 마음까지 생길지라도
감정은 언젠가 식기 마련이니
이성적으로 대처해야 한다.

그런 사람들은 대개 네가 화난다고
네 입을 더럽혀가면서 쏘아붙여도
달라지지 않을 사람이거든.

그럴 거면 그냥 무시해버려.

속이라도 편하게.

결국은 네가 좋아하는 사람 만나

말 예쁘게 하는 사람,

연락 잘되는 사람,

상대방이 우선순위인 사람,

이성관계가 복잡하지 않은 사람……

다 좋지만 결국

네가 좋아서 죽을 만큼

애틋한 사람을 만나야 가장 행복하다.

편한 사랑은 어디에도 없다.

사람과 사람이 만나는 일은

항상 알다가도 모르겠고 어렵기 마련이다.

누굴 만나든 서로 맞춰가는 과정에서

삐꺽거리기 마련이니까.

그냥 속 편하게
네가 좋아하는 사람 만나는 게
정답이라고 말해주고 싶다.

내가 좋아하는 사람은
날 좋아하지 않고
나를 좋아해주는 사람은
내가 좋아하지 않는다는 것이
아리송한 사람 마음이니까.

외롭다고 온전히 마음에도 없는 사람을 품어서
서로에게 상처가 되는 연애는 하지 않았으면 한다.

따뜻한 말로 포장하여
이 사람 저 사람 만나라고 하는 것보단,
네가 정말로 행복을 느끼며
사랑받는 연애를 했으면 좋겠으니까.

당신이 상처를 덜 받으려면

기대하는 건 좋지만
그렇다고 너무 많은 기대를 하지 않는 편이 좋다.

기대한 만큼 일이 풀리지 않았을 때
뒤따르는 실망이 안겨주는 공허함이
당신의 마음을 아프게 할 수도 있으니.

만약 오늘이
내 인생의 마지막이라면

오늘이 내 인생의 마지막이라면 과연 무슨 기분일까.
어린아이처럼 마냥 울며 슬퍼하고 싶진 않다. 오늘이 정말 나
에게 주어진 마지막 시간이라면, 그 사실을 남들에게 들키지
않기 위해 슬픔이 끓어넘치는 가슴을 삭이고 오히려 차분하고
담담하게 보내겠다. 사랑하는 가족들을 꼭 안아주며 그동안
부족하고 못난 나와 함께해줘서 고맙다고, 사랑한다고 말하고
싶다. 오늘이 내 인생의 마지막 날이라고 생각하면 무엇을 못
하겠는가.

지금 당신이 보내고 있는 이 순간이 정말 힘겨운 시간이란 것
을 잘 안다. 세상에 힘들지 않은 사람은 없다. 다만 그 힘듦을
얼마나 참는지, 얼마나 표현하는지에 따라 상대방의 아픔의 깊
이를 가늠하는 것뿐이니.

남몰래 속상해하고 힘든 일투성이인 당신.
너무 버거워도 무너지지 마.

오늘이 마지막 날이라 생각하고 무엇을 할지, 어떤 삶을 보냈
는지 짧은 인생을 뒤돌아보며 더욱 힘을 내는 계기가 됐으면
좋겠다. 지금 당신이 고민하는 일 또한 다 지나가고 다 잘 풀릴
테니 너무 걱정하지도 마라. 당장은 막연한 말처럼 들리겠지만
틀림없이 다 잘될 것이다.

오늘을 견디고 있는 소중한 당신에게
따뜻한 말을 건네주고 싶은 새벽이다.

사람의 마음

소중하게 지켜온 관계지만
마음 돌아서는 데 걸리는 시간은
단 몇 분도 안 되더라.

그만큼 또 예민한 부분인 거고,
항상 신경 쓰다 보니
서운한 부분도 생기는 거고.
오해는 쌓이고 마음은 멀어지고.

사람 마음이란 게,
참 어렵고도 잔인해서
상처로 다가오는 순간들.

원래 새벽은 그래

잠깐 스쳐 지나간 옛사랑이 떠오를 수도 있는 거고, 아쉬움과 기대감 또는 막연한 미래와 걱정들이 뒤섞여 잠 못 이룰 수도 있는 거야. 불현듯 '왜 이렇게 나만 힘들고 남들보다 뒤처진 기분이지?'라는 생각이 들어도 절대 사실이 아니야. 조금이나마 너의 새벽이 편안해졌으면 하는 마음으로 좋은 말만 전해주고 싶거든. 원래 새벽은 그런 거니까. 누구나 다 그런 거니까. 스스로 자존감을 떨어뜨리지 않았으면. 너무 우울해하지 않았으면 좋겠다. 네가 맞이하는 오늘의 새벽은 조금이라도 편안한 하루 끝이 되었으면.

새벽

상처는 이별을 만들고

이별은 추억을 만들고

추억은 후회를 만들고

후회는 새벽을 만든다.

어른아이로 산다는 것

오늘 하루도 많이 힘들진 않았는지.
남몰래 속상한 일이 많은 하루였을까, 당신이 걱정된다.

가끔은 어린아이가 되고 싶다고 생각도 하는데
아직은 어린아이 같은 마음인데
이미 너무나도 훌쩍 커버린 몸.

누군가에게 투정 부릴 수도 없고 떼쓸 수도 없어서
혼자 참고 견디며 아등바등 지내온
당신에게 위로를 건넨다.

아무도 당신의 힘듦의 깊이를 헤아릴 수 없지만
당신은 지금 분명 잘하고 있다.

너무 힘들고 우울할 때는 마음껏 울어도 좋다.

슬픔을 억지로 참아두면

당신의 마음을 더 아프게 할 수도 있으니.

아직 마음의 준비가 부족한데

닥친 현실이 너무 버거운 것,

나도 잘 알고 있다.

지금의 나 또한 많이 힘들고 버거운 시기니까.

하지만 이럴 때일수록

자신을 믿고 응원해주는 사람들을 생각해서

조금만 더 이겨냈으면 한다.

너무 힘들다고 느껴지는 이 시간도

언젠가 반드시 지나간다.

내일은 좋은 일만 가득했으면 좋겠다.

소중한 당신이 더 이상

상처받지 않았으면 하는 마음으로 마친다.

그만 자자

이제 그만 자자.
오늘따라 유독
새벽이 깊어지면 깊어질수록
네가 받은 상처도
더 깊어질 거 같으니.

여전히 너의 마음이
밤에 머물러 있다 하더라도

잊지 않았으면 좋겠어. 지금, 이 순간에도.
최선을 다해 살아가는 너는 여전히 빛나고 있다는 것을.

마음의 벽

스스로 쌓아 올린 마음의 벽을 허무는 일만큼 어려운 건 없다. 매 순간 연습하지만, 아직도 꽤 어렵고 버거운 일. 상대가 아무런 대가를 바라지 않고 잘해줘도 속내에 다른 목적을 품고 있는 건 아닌지 의심을 했던 적이 빈번하다. 그 선의가 진심인 경우도 있었지만, 그렇지 않았던 경우가 더 많아서 마음의 벽이 점점 높고 두꺼워진 거겠지. 누군가와 인연을 맺고 마음을 나누는 순간들이 좋았던 만큼, 그 사람들에게 상처받고 실망했던 기억들도 쌓여왔기 때문이겠지. 이제는 내 마음의 벽이 얼마나 높은지도, 또 얼마나 두꺼운지도 모르겠다.

단순하게 생각하자

인간관계는 언제나 버겁다고만 느껴왔지, 한 번도 단순하게 생각해본 적이 없던 것 같아. 이제는 복잡하고 어려운 인간관계를 최대한 단순하게 생각하도록 노력해야지. 다정한 마음으로 나에게 선의를 베푸는 이들에겐 나도 똑같이 잘하려고 노력하고, 내 자존감을 갉아먹는 사람들의 말은 한 귀로 듣고 한 귀로 흘려버려야지. 나에게 좋은 사람과 그렇지 않은 사람. 내가 마음을 주면 그저 받기만 하는 사람과 더 따뜻한 마음을 돌려주려는 사람. 이 차이를 관계의 기준으로 삼고 사람들의 진심을 가늠해야지.

막막하게만 느껴졌던 인간관계의 공식은 사실 생각보다 간단명료한 게 아닐까? 내가 힘들고 어려울 때 외면한 사람들에게 너무 마음 주지 않고, 곁에서 힘을 준 사람들에게는 더욱 잘하려고 애쓰는 것.

그렇게 할 수만 있다면 지금보다 관계가 한결 편안해질 텐데 말이야.

인생에서 반드시 거리를 둬야 할 사람

인생에서 반드시 거리를 둬야 할 사람은 이런 사람이야. 사사
건건 너에게 질투를 느껴서 옆에 있을 때면 자꾸만 너의 자존
감을 깎아먹는 사람. 그런 이들에게 매번 너라는 사람을 이해
시키려고 노력하지 않았으면 좋겠어. 너를 싫어하는 사람은 네
가 아무리 좋은 일을 해도 못마땅한 시선으로 바라보고, 없는
트집도 잡아서 비난하기 마련이야. 참 우습지.

그들의 마음을 돌리려고 괜히 애쓰지 않아도 돼. 잘난 체하면
서 큰소리쳐도 알고 보면 절대 널 휘두를 수 없는, 그냥 열등감
에 찌든 사람일 뿐이니까. 너는 그냥 신경 쓰지 말고 네가 믿는
대로 계속 살아가. 그런 사람들은 네가 지금 잘 살아가고 있어
서, 자신들이 보기에 부럽고 탐이 나는 삶을 살고 있어서 시샘
하는 거야. 그러니 계속 부러워하고 시샘하도록 너는 너만의

길을 계속 묵묵히 걸어가면 돼. 그러다 보면 어느 순간 열등감에 가득 찬 말들이 네 귓가에 닿지도 않을 정도로 너와 그들의 격차는 더 벌어질 거야. 참 멋지고 부러운 일이야. 누군가 내 삶을 동경하고 질투한다는 건 말이야.

나만의 기준선 만들기

무례하고 예의 없는 사람들에게 쉽게 상처받고 자주 휘둘린다면 한 번쯤은 생각해봐. 인간관계에 나만의 '기준선'이 있는지 말이야. 마냥 하하 호호 웃으면서 다 받아준다고 해서 모두에게 사랑받는 사람이 되는 건 절대 아니거든. 오히려 상대방이 내 미소를 약점으로 삼을 수도 있다는 사실을 명심했으면 해.

나에게 맞는 기준선을 만들고 그 선을 넘는 사람들에게는 분명하게 의사 표현을 해보자. 불편하다는 확실한 의사 표현만큼 무례한 행동을 제지하는 효과적인 방법은 또 없으니까. 내일 이 시간에는 네 마음이 상처받는 일이 없었으면 좋겠어.

오해를 겁내지 말 것

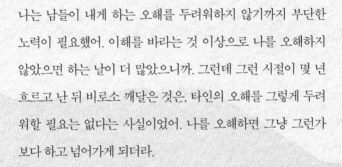

나는 남들이 내게 하는 오해를 두려워하지 않기까지 부단한 노력이 필요했어. 이해를 바라는 것 이상으로 나를 오해하지 않았으면 하는 날이 더 많았으니까. 그런데 그런 시절이 몇 년 흐르고 난 뒤 비로소 깨달은 것은, 타인의 오해를 그렇게 두려워할 필요는 없다는 사실이었어. 나를 오해하면 그냥 그런가 보다 하고 넘어가게 되더라.

남들이 나를 뭐라고 평가하든 크게 신경 쓰지 않고 계속 나대로 살아가다 보니 이제껏 보이지 않던 세계가 더 잘 보이기 시작했어. 그리고 새롭게 발견한 세계에 온전히 집중하고 몰두하기에도 내 시간이 부족하다는 걸 느꼈지.

남이 내 인생을 대신 살아 주는 건 아니잖아.

오해를 두려워하지 않아도 돼.
내가 떳떳하다면 그걸로 된 거야.

남의 시선에 주눅 들고 굴복하는 순간 자존감만 낮아질뿐더러
모든 일에 자신감마저 없어지게 되더라고. 너라는 사람은 네가
가장 잘 알잖아. 다른 건 필요 없어. 그래, 그거면 된 거야.

함께할 때 행복해지는 사람

인생에 많은 친구는 필요 없다. 한두 명일지라도 내가 힘들 때, 혹은 상대가 힘들 때 서로의 시간을 기꺼이 할애해서 만날 수 있는 사람이면 된다.

꼭 술잔을 기울이지 않더라도 아낌없이 진심을 터놓을 수 있는 사람. 많은 말을 하지 않더라도 한마디 한마디에 나를 위하는 마음이 녹아 있는 사람. 자주 보지 않더라도 한번 만나고 나면 마음이 한결 가벼워지는, 기분 좋은 힘을 가진 사람. 함께하면서 나를 긍정적인 방향으로 변화시키는 사람.

지금 주변에 떠오르는 얼굴이 있다면 당신은 인생에 꽤 괜찮은 친구를 뒀다는 의미다.

가끔은 솔직한 감정도 필요해

솔직하게 감정을 터놓는 일은 타인과 건강한 관계를 만들기 위한 핵심 조건이다. 사람들은 많은 순간 가면을 쓰고 타인을 대한다. 그래서 해야 할 말을 가슴속에 눌러 담기도 하고, 차오르는 감정과 흐르는 눈물을 억지로 삼키기도 한다. 그래, 이것도 분명 나를 지키는 하나의 방법이겠지. 하지만 그 정도가 지나치면 마음의 병을 초래한다.

좋은 관계도 가끔은 마음에 생채기를 내기 마련이다. 솔직한 감정표현과 정확한 의사소통이 필요할 때는 억누르지 말고 꼭 해두는 편이 낫다. 그게 나 자신을 보호하는 길이자 동시에 내가 아끼는 상대를 지키는 최선의 방법이다. 과연 나는 오늘 사람들과 얼마나 솔직하게 감정을 나눴을까?

작은 습관의 중요성

목표를 잡고 부단히 노력해도 당장은 크게 성과가 나지 않는다. 그런 단계에서는 '이 길은 내 길이 아닌가?' '나에겐 재능이 없나?' 하며 고민에 빠지기 쉽다. 결과가 눈앞에 바로 보이지 않는다는 이유로 낙담할 수는 있지만, 낙담하더라도 결코 좌절하거나 포기하지는 말자. 나는 작은 습관의 힘을 믿는다. 천재는 노력하는 사람을 절대로 이길 수 없다고들 말한다.

무언가를 꾸준히 지속하는 하루하루가 쌓여 한 달이 되고 일년이 되었을 때 비로소 당신의 노력이 빛을 볼 수 있다. 막연한 미래와 결과를 미리 알 수 없겠지만, 자신을 다독이면서 꾸준히 매일 해나갔으면 좋겠다.

지금 이렇게 멋진 당신의 모습 또한
성실히 쌓아 올린 하루하루가 모여 만들어진 것이니까.

당신이 눈치채지 못하는 순간에도
당신은 늘 어제보다 성장하고 있었으니까.

생각의 꼬리

생각이란 오래 해서 도움이 될 때도 있지만, 부정적인 생각은 하면 할수록 좋지 못한 결과를 초래한다. 많은 이들이 끊임없이 무언가를 걱정하면서 살아간다. 지금 이 순간 나 또한 그렇다. 하지만 인간은 대체로 '일어난 일'보다 '일어나지 않은 일'을 더 걱정하면서 시간을 보낸다고 한다.

걱정을 포함한 부정적인 생각은 한번 시작했다 하면 그 끝을 알 수가 없다. 생각이 꼬리에 꼬리를 물어 내 마음을 더 지치게 한다. 반면 우리는 긍정적인 생각에는 관대하지 못하다. 긍정적인 생각을 차고 넘치도록 해본 적이 언제인지 손에 꼽는 경우가 허다하다.

때로는 생각을 쉬게 할 필요가 있다. 내게 좋지 못한 영향을 주

는 생각이라면 그 생각을 빠르게 중단하는 연습을 하자. 아무
것도 안 해도 좋다. 걱정의 굴레에 빠진 그 순간, 부정적인 생
각의 꼬리를 자르는 것보다 더 중요한 일은 없을 테니까.

나를 사랑하기

나를 사랑하는 일만큼 중요한 건 없다. 분야를 막론하고 다양한 도서들이 가장 강조하는 메시지가 자신을 믿고 사랑하라는 것이다. 나를 동경하고 닮고 싶어 하고 애정을 주는 사람들이 주변에 아무리 많을지라도 정작 내가 나를 사랑하지 않는다면 과연 그게 다 무슨 소용일까.

남에게 친절하고 다정한 만큼 나에게도 친절하고 다정해지자. 일이 뜻대로 풀리지 않는 날일지라도 그럴 수 있다며, 내일 더 잘할 수 있을 거라며 나에게 용기를 주자.

나이기에 가능한 일들은 여전히 많다.
다른 누구도 아닌, 오직 나이기에.

너에게

너는 사람들에게 참 좋은 사람이야. 별로 재밌지도 않은 얘기에 반응하며 웃어주고, 어떤 날에는 너보다 남을 더 신경 쓰고 챙기는 일도 많잖아. 누군가 주변에 좋은 사람이 있냐고 물어보면 친절하고 다정한, 남을 배려하는 습관을 지닌 네가 자연스레 떠오르니까 말이야.

그런데 나는 그런 네가 걱정돼. 어쩌면 단호하게 거절해야 할 부탁마저도 네가 다 떠안아버리는 건 아닌지. 너의 호의가 타인에게 당연한 일이 되어버리는 것은 아닌지. 그래서 네가 힘들진 않은지 걱정이 되는 밤이야.

모든 사람에게 좋은 사람이 되려고 애를 쓰진 않았으면 좋겠어. 때로는 너 자신을 위해 단호해지기도 하고, 너의 호의를 이용하려고만 하는 사람에게 거리를 두기도 했으면 좋겠어. 그래서 네가 사람들에게 마냥 편한 사람으로 여겨지는 일이 없었으면 좋겠어.

이렇게 착하고 정이 많은 너에게 당부하고 싶은 말은 첫째도 내가 먼저, 둘째도 내가 먼저라는 거야. 네 삶에 가장 중요한 존재가 언제나 너였으면 해. 피곤할 땐 남의 고민을 들어주지 않아도 괜찮고, 마음이 울적할 땐 너도 누군가한테 기대고 털어놔도 괜찮다는 말이야. 내일은 다른 누구보다 너를 더 사랑해주는 날이 되었으면 좋겠다. '꼭'이야. 알았지.

연인이란

사랑하는 사람과 밥을 지어 먹고
선선한 저녁에는 산책하러 나가고
서로의 꾸밈없는 모습마저 예쁘기만 하고
함께한 시간보다 함께할 시간이
더 기대되는 사람.

맞잡은 두 손 놓지 않고
평생토록 같은 곳에 시선을 두며
함께 발맞춰 나갈 수 있겠다는 생각이 드는
비로소 행복이 뭔지 알게 해준 사람.

당신의 결핍 또한 내겐 그저 사랑이니
내가 당신의 전부가 되고 싶은 사람.

때로는 어둡더라도

마음에 먹구름이 가득하고 스스로에게 무엇 하나 확신할 수 없는 날이 대부분이지. 주변을 살펴봐도 내가 제일 뒤떨어진 느낌이 들고, 나는 평범하기 그지없는 일상을 보내는데 다른 사람들의 일상에는 재밌고 특별한 일만 가득해 보여서 상대적 박탈감마저 생기고 말이야. 과연 언제쯤 이 현실이 나아질까 생각해봐도 가슴이 답답하고 한숨만 나오지.

하지만 나는 그런 너를 응원하고 싶어. 그것도 내 모든 걸 담아 진심으로 너를 응원하고 싶어. 누구에게나 견디기 힘들 만큼 지치는 순간이 찾아오기 마련이니까. 당장은 너의 시선이 닿는 모든 곳이 어두워 보여도 괜찮아. 마음이 쉬지 못하면 그런 상태가 되는 게 당연한 거야. 아주 자연스러운 일이고, 네 잘못도 아니야. 마음속 텅 빈 공간을 억지로 채워보려 해도 결코 채워지지 않는 부분이 있기 마련이지.

애써 괜찮은 척 안 해도 돼. 그냥 오늘은 평소보다 일찍 하루를 마무리하자. 너를 신경 쓰이게 하는 모든 것들을 다 내려놓고, 되도록 아무 생각도 하지 말고 잠자리에 들자. 나는 마음이 소란할 때면 그날 하루는 아무것도 하지 않거든. 그렇게 평소보다 일찍 잠자리에 들고 아침에 일어나면 전날 탁해진 마음도 조금은 맑아지더라.

가끔은 마음도 환기가 필요한 거 같아.
혹시 오늘이 그런 날이 아닐까?

요즘 나에게 필요한 마음

딱히 크게 행복한 일이 휘몰아치지 않더라도, 먼 미래에 기쁜 일이 차고 넘치는 게 아니더라도, 작고 소소하지만 지금 곁에 있는 행복을 충분히 만끽해야지. 오늘 하루를 별 탈 없이 건강하게 지낸 것만으로도 감사함을 느끼고, 저녁이 되면 개운한 마음으로 그동안 보고 싶었던 영화를 보고 맛있는 음식을 먹으면서 일상적인 행복을 몸소 누려야지. 요즘엔 너무 먼 미래에서만 행복을 찾으려고 아등바등 애써왔던 것 같아. 그러니 당장 오늘이 불행하다고 느끼는 날들이 잦았겠지. 하지만 모든 일은 마음먹기에 달렸다고 하잖아.

나는 그래서 오늘, 당장, 이 순간부터 행복해지려고. 오늘이 행복해야 그 행복이 쌓여 내일도 행복한 날이 되는 거니까.

나를 위한 열 가지 다짐

어떤 순간이 와도 자책하지 않기.

매일매일 나를 위해 작은 칭찬을 해주기.

언제나 당당한 태도로 삶을 살아가기.

건강을 위해 매일 30분이라도 운동하기.

늦더라도 꼭 완주해낸다는 믿음 잃지 않기.

감정이 나를 지배하도록 내버려두지 않기.

나는 해낼 수 있다는 용기를 갖기.

거절하는 걸 두려워하지 않기.

힘들 땐 잠시 쉬어가는 걸 연습하기.

나는 내 사람들에게 자랑인 걸 기억하기.

너는 언제나 빛나는 사람이야

잊지 않았으면 좋겠어.

지금, 이 순간에도 최선을 다해 살아가는
너는 여전히 빛나고 있다는 것을.

너는 네가 생각하는 것보다
훨씬 대단한 사람이라는 것을.

오직 너이기에 할 수 있는 일이
세상에 넘쳐난다는 것을.

너는 너일 때
가장 아름답다는 것을.

너의 안부를 묻는 밤

초판 1쇄 인쇄   2022년 11월 4일
초판 1쇄 발행   2022년 11월 18일

지은이   지민석

편집인   이기웅
책임편집   한의진
편집   주소림, 안희주, 김혜영, 양수인, 오윤나, 이현지
디자인   MALLYBOOK 최윤선, 정효진
책임마케팅   정재훈, 김서연, 김예진, 박시온, 김지원, 류지현, 김찬빈, 김소희, 배성원
마케팅   이주하, 유인철
경영지원   김희애, 박혜정, 박하은, 최성민
제작   제이오

펴낸이   유귀선
펴낸곳   ㈜바이포엠 스튜디오
출판등록   제2020-000145호(2020년 6월 10일)
주소   서울시 강남구 테헤란로 332, 에이치제이타워 20층
이메일   odr@studioodr.com

ⓒ 지민석

ISBN   979-11-92579-28-3 (03810)

스튜디오오드리는 ㈜바이포엠 스튜디오의 출판브랜드입니다.